JN037981

ニッポンが壊れる

ビートたけし
Beat Takeshi

小学館新書

はじめに

オイラも2024年の1月でいよいよ「喜寿」か。よくもまァ、こんなに歳を取ったもんだ。オイラがこんな歳になるくらいだから、時代だってどんどん変わってきた。ついこないだのことのように思える東日本大震災から12年も経ったし、「新型コロナ」の猛威に世界中が右往左往していたあの頃だって、だいぶ昔の話に思えてくる。

昭和、平成と面白おかしく生きてきたけど、「令和」って時代は、これまでにないくらい混沌としていて、今までの常識がまるで通用しなくなってきている。

例えばオイラがずっと生きてきた「テレビの世界」を取り巻く環境もこの数年で大きく変わっちまった。昔は好き勝手やらせてもらえたけど、最近は「コンプライアンス」にうるさくて、ちょっと尖《とが》ったようなことをやろうもんならすぐにクレームの嵐だ。制作費もジャンジャン削られて、30年前にオイラが考えたようなバラエティが、今も変わらず作られている。

そんな末期症状に追い討ちをかけるように「ネット」が台頭してきた。あっという間に世界中のコンテンツが「見放題」になって、海外の配信会社は潤沢な予算で大作映画のような新作をジャンジャン作っていく。昔みたいに夕飯時になったら、テレビの前に集まって家族みんなが同じ番組を見る——そんな当たり前の光景はもう見られないだろう。

メディアだけじゃない。あらゆるところでこの国は〝ヒビ割れ〟を起こしている。ビッグモーターという中古車販売の会社が、創業家一族のゴーマン経営で大炎上した。この騒動で大企業といっても内部はムチャクチャで、組織の倫理観もぶっ壊れていることが世間にバレちまった。

9月に岸田（文雄）首相が内閣改造をした時は、「女性ならではの感性」なんて言葉を使って叩かれていた。これも10年前ならそこまで問題にならなかっただろう。

良くも悪くも、こうした変化のスピードはかつてない勢いで加速している。

オイラはコロナ禍の真っただ中だった2021年の2月に、『コロナとバカ』という本を出した。あの時は、コロナという危機が、ニッポン人がもともと抱えていた「ヤバさ」をハッキリと浮き彫りにしたように感じていた。だけど、コロナによる閉塞感から社会が再び動き出すにつれて、より一層この国は〝壊れている〟と感じることが増えてきた。

安倍晋三元首相の襲撃は、「下級」に転じてしまった若者の鬱憤もさることながら、政治のモラルが壊れていることをこれほど見せつけた事件もないだろう。よくニッポン人を総評して「平和ボケ」と言うけれど、ここまで来たかと証明してしまう事件だった。

しかも、同じ年の2月からロシアとウクライナが本当に戦争をおっぱじめてしまった。世界では多くの人が戦火のなか犠牲になっているというのに、いつまで経っても対岸の火事だ。国際ニュースなんて見向きもしないで、なぜか「自分たちだけは大丈夫だ」と根拠のない自信を持ってしまう。

そして、オイラが危惧しているもうひとつの問題が、ニッポン人の「SNS中毒」だ。スマホに頼らない生活を送ろうとしても、それはもう現実的じゃない。生活に欠かせないものになってしまったし、スマホという〝手錠〟をはめられたようなもんだ。

あらゆる情報がジャンジャン溢れて、どこにいてもすぐに検索できるようになったけど、そのせいで「リアルな世界」との距離感が上手く測れなくなってきてやしないか。

人間関係が希薄になる半面、SNSでは匿名をいいことに〝集団リンチ〟、回転寿司店での悪ふざけ、「闇バイト」――ネットを媒介に庶民のモラルも壊れてきている。

やれ、AIだなんだと色々便利になったことはたしかだ。でも、果たして本当にこのままでいいのか。良くなったところもあるけど、マズいことのほうが多いかもしれないぜ。

コロナ禍が始まった頃、志村けんちゃんが亡くなった。これは、本当にこたえた。

そして、あれからオイラと同時代を生きた才能ある仲間たちが次々に逝ってしまった。

「時代の終わり」を感じるとともに、この国で〝得体のしれないモノ〟が肥大化している怖さを感じる。

この本では、壊れていくニッポンの常識や価値観について改めてオイラの考えを伝えておこうかと思う。このところ、政治の世界も、経済の世界も、そして勝手知ったる芸能界まで首を傾《かし》げることだらけだからね。

なんだか、柄にもなくマジメな話を始めてしまったな。堅苦しい話ばかりじゃらしくないんで、いつもの毒舌やくだらないネタもジャンジャン挟んでいくぜ（笑）。

前口上はこの辺りで十分か。それじゃあひとつ、今回もお付き合いをヨロシク頼むぜ。

ニッポンが壊れる

目次

第1章

政治・社会に無関心な「平和ボケ」という病

安倍さんの銃撃事件を招いたのは、「ニッポンは安全だ」という警戒心の薄さだ。

アメリカなら起きなかった

安倍（晋三）さんの死は、衝撃的な事件だった。

オイラも安倍さんには何度も会ったことがあったから、ショックは大きかった。どんな理由があろうと、卑劣なやり方は決して許されない。亡くなったという一報を聞いても、最初は信じられなかったよ。

事件当時、撃たれた映像を観ると安倍さんの後ろには建物すらなくて、犯人以外にも大勢の聴衆がいた。一発目の銃声が鳴っても周りが動けない――。「ニッポンは安全だ」という慢心が社会全体にあって「平和ボケ」していたのを痛感させられる事件になった。

そんな衝撃から1年も経たないうちに、今度は現職の首相である岸田（文雄）さんが狙われた。和歌山の衆議院補欠選挙の応援演説に来ていたところを、漁港で爆発物を投げつけられた。安倍さんのテロ事件があったばかりだというのに、お粗末すぎて笑えないよ。

犯人を取り押さえた漁師のオッサンの話が美談になっていたけど、ナイフを持っていたというから一歩間違えたら危なかった。無事で何よりだったけど、それは結果論だ。警察やSPがもっと目を光らせてなきゃダメだよ。

政治家全般に言えることだけど、見知らぬ土地を回って「ひとりひとり握手」という田中角栄みたいな選挙活動はもう時代遅れだろう。

オイラたち芸人も街を歩けば知らない人に声をかけられるし、普通の人より目立つ存在ではある。善意で注目してくれている人がほとんどだけど、とはいえ何があるかわからないから常に警戒している。街なかでいきなり「たけしさんですよね、握手してください」と言われることがあるけど、「ちょっと怖いな」と感じてしまうようになった。

海外じゃ選挙運動で「応援演説」なんてもので民衆の前に出てくることはないらしい。アメリカの（ドナルド・）トランプだって派手に演説しているように見せているけど、実際はどデカいスタジアムの真ん中で十分な距離を取ったところにいる。それに加えて、何十人ものSPに囲まれたりと、VIPの警護ってのはとにかく厳重なんだよ。

そもそも向こうでは、「大統領がココに来る」と知られるだけで待ち伏せされる危険があるからね。演説やらに向かう時はダミーで同じ車を同時に何台も走らせて、カムフラージュしながら会場入りするという念の入れようだ。これは決して〝やりすぎ〟というワケじゃない。ニッポンの警戒心が薄すぎるだけだ。

ニッポンは銃もないし、これまで「平和」という見えざるモノに頼ってここまでやってきたけど、安倍さんの事件では犯人は「手製」の銃を使って犯行に及んだ。ネットや情報が普及して国と国の垣根が取っ払われている。元首相や現職の首相が狙われるような事件が起きるくらいだから、ほかの国と同じレベルに来てしまったのだと言えるかもしれない。

「参議院」なんていらない

安倍さんは良くも悪くも、強烈な印象を残した政治家だった。

オイラの番組にもたくさん出てくれた。特に09年の政権交代で当時の民主党に取って代わられた頃から、積極的にメディアに出るようになった気がする。

安倍さんはテレビでの〝見せ方〟の上手い人だったから、メディアを通して国民に発信していくことの重要性を理解していたんだと思う。個人的な印象は「名家のお坊ちゃま」という感じだった。柔和な雰囲気だけど、一方で自分が「これをやりたい」と決めたら、きっちり主張するところがあった。

この事件の報道を見ていて気になったのが、安倍さんの「功績」ばかりが好意的にクローズアップされていたところだ。

安倍さんは政治家として評価されている部分も多いけど、モリカケ問題や桜を見る会の疑惑は最後まで払拭されていなかった。これまで追及してきたメディアも、あの事件以降、そういう面にフタをしてしまったように感じる。もちろんオイラに真偽の程はわからない。だからこそ、ハッキリさせるためにも風化させずに公の場でちゃんと検証するべきなんじゃないか。

そして、事件のあとに行なわれた「参院選」は酷かった。

安倍さんが亡くなった2日後に投開票ということもあって、自民党は〝弔い合戦〟という感じだった。それは仕方がないけど、ろくに安倍さんのことを知らないような候補者がどいつもこいつも「きっと天国から見守ってくれています」と言っていた。そして、相変わらず売れなくなったタレントの天下り先みたいになっている。

オイラは昔から言ってきたけど、「参議院」なんて必要ないんだよ。これも昔からのしきたりに疑問を持たずにやってきたツケみたいなもんでさ。ニッポンもこれまでみたいな緩い社会のままでは保《も》たないということを認識しなきゃマズいぜ。

自民党が「宗教団体の票」を大事にするのは、国民が「選挙に行かない」ことが原因だ。

議員は「当選してナンボ」

皮肉にも安倍さんの事件で明らかになったのが、自民党と統一教会の癒着というウラの顔だ。当初、岸田さんは「旧統一教会（現・世界平和統一家庭連合）との関係を払拭する」みたいに言っていた。

それが、調べてみたら閣僚からも旧統一教会とつながりのあるメンバーがジャンジャン出てきたという始末だ。決別をアピールするどころか、自民党との関係の深さを改めて見せつけることになった。派閥の論理なのか、人材不足なのか知らないけど、今のニッポンじゃホンネのところ旧統一教会と関係ないメンバーだけで内閣をつくることはできないのかもしれないと思わせてしまった。

まァ、それだけ自民党が宗教団体の組織票を「貴重な票田」としていたってことだよな。ほとんどの政治家にとって思想信条や政治信念みたいなものより「議員バッジをつけること」のほうが重要で、多少のヤバさや怪しさを感じていたとしても「当選してナンボ」なんだろう。だから、そういう団体にすり寄ってしまう。

政治家は所詮「自分を支援してくれる人かどうか」というモノサシでしか相手を見ていない。それが国民に透けて見えてしまった。

だけど、政治家が宗教団体に依存する状況をつくっているのは「国民」だとも言えるよな。政治家が「宗教団体に頼れば選挙に勝てる」と考えるのは、「国民が選挙に行かないから」だ。有権者が政治に無関心で、浮動票が少なければ少ないほど「組織票」の威力が強まるからね。政治を批判するのもいいけど、その前にみんなその辺をよくよく考えたほうがいい。

そして、おそらく岸田さんとしては人気取りのつもりでやったんだろうけど、日本武道館で安倍さんの「国葬」をやることに決めたのも、批判の的になった。「政治と宗教」の問題も、安倍さんの生前の疑惑も片付かないまま、税金から十億円以上のカネを拠出してやるという。十分な説明もなかったし、納得いかない人たちが多いのも当然だよ。

もちろん安倍さんが凶弾に倒れたことは悲劇だし、犯罪は絶対に許しちゃいけない。だからといって、そういう情緒的なところで問題点をうやむやにして、コロナ禍に多額の税金を投入してまでやるべきだったのかというのは疑問だよな。

戦後の国葬と言えば、吉田茂元首相が亡くなった時と昭和天皇が亡くなった時の「大喪の礼」だけだ。

まだ若かったからか、オイラは吉田茂の時のことはあんまり覚えていない。やっぱり印象深いのは昭和天皇が亡くなった時だよ。この時は休日扱いになって、店も臨時休業とニッポン中が喪に服していた。だけど、安倍さんの場合はそういう雰囲気にはならなかった。

仮にも税金で「国を挙げた葬式」が行なわれているというのに、すぐそばの居酒屋ではドンチャン騒ぎをしてるヤツがいる。それなのに「国葬」と言われても、どうも腑に落ちない。結局、最後まで国民を置いてきぼりにしたパフォーマンスだったね。

オイラのポチ袋は「1万円」

国葬にそれだけの税金を突っ込んでおきながら、随分とセコい〝買収策〟が出たのにも笑っちまったよ。オイラももう晴れて75歳の「後期高齢者」を超えたけど、自民党と公明党が言い出した、年金受給者に「5000円」の臨時給付金を配るって案はジジイやババアを敵に回したんじゃないか。

双方の幹事長やらが話し合って岸田さんに提案したらしいけど、野党からは選挙のためのバラマキだって批判された。もっともな意見なんで自民党内でも批判の声が出たりして、話は一旦ストップしたみたいだけど、国民のほうもよく考えたほうがいい。

なんで支給するのが「5000円」なのかって話だよ。

これはあまりにも年寄りをバカにしてるよ。5000円を受け取って、「ありがたや、

ありがたや、自民党に投票させていただきます」なんてヤツがいると思ってるのか？　少なくともオイラはこんなカネもらったところで、自民党に投票しようなんてこれっぽっちも思わない。

せめてケタをひとつ増やして5万円とかさ。そのくらいやらなきゃ〝バラマキ損〟だよ。オイラが弟子やらに配るポチ袋のおひねりだって少なくても1万円は入れてるぞ（笑）。物価がジャンジャン上がってるって時に、オイラの小遣い以下で票を〝買おう〟なんて甘すぎるぜっての。

それにこれまでの政府のやり方を考えたら、安易に「カネがもらえる」と浮かれるのは気が早い。どうせバラマキに使ったカネは、コロナが落ち着いたら「復興税」みたいなかたちで徴収されるのがオチだよ。

岸田さんは目立たないことがウリだったのに、息子を首相秘書官にするとは「油断」したね。

「女性ならでは」の違和感

9月に岸田さんが新たな「内閣改造」を発表したけど、メンツを見てみると大した驚きはなかったね。女性が5人入閣して、これは「過去最多」に並んだと言うんだけどさ。オイラはその時の発言にちょっと違和感を覚えた。

岸田さんは「女性ならではの感性や共感力も十分発揮していただきたい」なんてことを言っていた。たしかに最近は、ジェンダー平等が世界的なスタンダードだ。ニッポンは先進国のなかで大きく後《おく》れを取っている。だから、その辺を〝改革〟したとアピールしたかったんだろう。

だけど、議員の仕事に「男女の差」なんてものが存在するのか？　もしそうだとしたら女性議員の数を増やすこととは別問題だ。その考え方自体が「差別」だよ。

オイラにはこれも岸田さんが世間の目やメディアの報道を気にしたパフォーマンスのひとつにしか見えなかった。「どんな仕事をしてほしいか」という具体的な言及ではなく、枕詞のように「女性らしさ」という表現を前に持ってくる時点で、人気取りのために利用したとしか思えない。

本当に女性のための内閣改造を目指すなら、岸田さん以外は「全員女性」にしてみればいい。「それは大袈裟だ」という人がいるかもしれないけど、今の今まで、閣僚は「ほとんど男」だったんでさ。そこまでやったら本気度が伝わってくるし、世界でもそんな国はないだろうからね。

それに初入閣した女性議員3人はみんな「世襲」だ。この人たちのことはよく知らないけど、本当に優れた人材を登用したのか疑わしいよ。

「適材適所」発言は余計

岸田さんは総理になった当初はある意味〝目立たない〟ことがウリだったのに、だんだんとボロが出るようになった。やっぱり総理大臣とか国家元首っていうのは、「目立たないでずっと仕事に努める」のが一番大事な能力だ。国のトップが目立って何かやっているということは、国や世の中が〝荒れている〟ということだからね。

「あの時代は平和だったな～、特にいいことも悪いこともなくてさ」なんて、のちに振り返られる時代が政治としては最高というさ。地味で堅実そうな岸田さんならもしかして……と思ったけど、そう上手くはいかないもんだよね。特に31歳の長男（翔太郎）を首相秘書官にしたのは「油断」だった。明らかな「世襲」へのルート作りは国民の反感を買っちまった。この辺りから岸田さんの評価の潮目が変わった気がするよ。

素直に「息子に将来の勉強をさせたい」と言えば良かったのに、「適材適所で選んだ」と言うもんだから、余計火に油を注いでしまった。自分のところでたった2年秘書をやらせただけで、「適材適所」なんて言ってしまうところはまるでセンスがない。だけど、この人はみんなが言うほどの〝悪人〟じゃないと思うんだよな。

だって旧統一教会の問題に国葬と批判され続けていたのに、よりによってそんなタイミングで息子を秘書官にしたんだからさ。ズル賢い政治家だったらそんな間が悪いこと普通やらないよ（笑）。まだ若いんだから首相秘書官なんて大役じゃなくて、誰か別の議員のところに丁稚《でっち》奉公《ぼうこう》させときゃ良かったのにさ。

結局、その後、首相官邸に家族や友達を呼んでドンチャン騒ぎをしていたことがバレて、あっという間に辞任だからね。首相の息子なんだから、近いうちに選挙に出りゃ当選してただろう。「早く息子に晴れ舞台を」という〝親心〟が、逆効果になっちまったね。

ガーシーに投票した30万人の有権者は、全員名乗り出て〝陳謝〟しろ。

「無投票当選」という悪循環

最近の政治を見ていて思うのは、もはや「能」や「狂言」みたいな世界になってきたということだ。

世襲が当たり前で、国会でのやり取りも〝定型〟通り。与党が場当たり的な政策を決めて、それに文句ばかり言って何もできない野党という構図がずっと続いているからね。たまに野党に政権を任せてみたら、民主党はあのザマだったしさ。

この問題は国政だけじゃなくて、「地方」でも変わらないんだよな。地方の市町村議会議員やらは結構な数が「無投票当選」で決まっている。選挙に出るヤツの顔ぶれまで予定調和のままだったら未来永劫、良くなるワケないぜっての。

これは政治の世界特有の問題もあるだろう。昔、オイラの『TVタックル』に出演したある議員がコッソリ教えてくれたんだけどさ。国会議員も地元の票を獲得するために県議会のドンみたいな人に頭を下げて、接待するのが常態化しているらしい。

普段は「センセイ」なんて呼ばれていても、結局はそういう人たちと上手くやらなきゃ「票をまとめてもらえない」ということだ。議員の周りの腰巾着まで固定化していて、ゴマスリで儲ける企業や後援会のヤツラがワンサカ群がっているという構図だ。

だから誰かが議員になろうと志しても、周りから妨害されて「出馬することすら許されない」空気があるみたいでさ。「民主主義」とは名ばかりで、そういう取り巻き連中が色々とウラ工作するというのがいかにもニッポン人らしくてイヤになるよ。

選挙は「記名制」にしろ

だけど、一番マズいのは、その間「国民がまったく変わっていない」ということだ。息子を秘書官に据えたのは岸田さんでも、その岸田さんを「選挙」で選んだのはオイラたち国民だからね。

政治家のやることにSNSやらでケチをつける前に、そろそろ真剣に誰を選ぶべきか考えないとこの国はマズい方向に行っちまうよ。

それを実感したのが、「ガーシー」の当選だ。あーだこーだと騒いだ挙げ句、最後は脅迫した罪で逮捕されちまったけどさ。

選挙の時にコイツに30万人近くが投票していたという事実には驚いた。

コイツに入れたヤツラは今の状況をどう考えてるんだろう。無責任に投票したせいでオイラの税金が使われたと思うと腹が立って仕方がないよ。ガーシーはずっと海外にいて、政治家としての仕事を何もしないもんだから議会に「陳謝」を求められていた。だけど、投票したヤツこそ名乗り出て陳謝すべきだ。

ニッポンはテキトーな政治家が多すぎる。だけど、同じくらい投票する国民のモラル低下も酷い。まずはパイのデカい投票のルールから変えたほうがいいよ。

大体、無記名で投票できるから良くないんだよ。「バレなきゃいい」と思っているから、面白半分でガーシーなんかに入れるヤツが出てくる。

これからは「責任を伴うルール」に変えるべきだ。

選挙はすべて「記名制」にして、もし票を入れた議員が当選した後にトラブルや悪事を働いたら投票したヤツの名前も一緒に公開しちまえばいいんだよ。

ニッポン人は人一倍、周りの目を気にするからね。投票したヤツのせいで自分が白い目で見られると思ったら、きっとみんな心を入れ替えて候補者を吟味し始めるに違いないぜっての。

岸田首相の『TIME』誌インタビューをスルーしたニッポン人の〝政治への無関心〟は末期症状だ。

ヘタすりゃ「外交問題」

投票率もそうだけど、ニッポン人の「政治への関心のなさ」はもう末期症状だな。岸田さんがサミット（23年5月）のホストとして地元・広島でウクライナのゼレンスキー大統領を出迎えた時、どのくらいの人がそのニュースに興味を持って見てたのか――。きっと、ほとんどのヤツが右から左に受け流していたと思うよ。

その直前にあった統一地方選では、自民党が全体の過半数を取った。でも「自民党を支持している」というワケじゃなくて、単に野党がダメすぎただけなんだよな。

大半の人の本音は、「与党も野党もどうでもいい」って感じだろう。つまるところ、「政治」そのものに無関心ということなんだけど、そこには危ない面もある。

いよいよヤバいと思ったのが、アメリカの『TIME』誌に岸田さんがインタビューされた時の話だよ。

写真が表紙にデカデカと取り上げられたんだけど、そこに書かれたタイトルが問題だった。「平和主義を放棄する」「日本を真の軍事大国に変える」と向こうのいいように書かれてしまった。ネット版は大慌てで修正させたみたいだけど、雑誌はそのまま発売された。普通は海外メディアにこんなこと書かれたら国中が大騒ぎだよ。ヘタすりゃデモとか、退陣論とかデカい話に発展する案件だよな。

それが、大して盛り上がらなかった。このニュースを「知らない」って人も結構いるはずだ。岸田さんはホッとしただろうけど、本当にそれでいいのか？

オイラに言わせれば、これが大問題だと気づいてないことのほうがオオゴトだよ。外交問題に発展しかねないことを海外メディアに書かれてたのに、ここでも「平和ボケ」が顔を出したというね。

それにこの件で、ニッポンの政治や立場について海外の人のほうがよっぽど注目してることがバレてしまった。

ロシアとウクライナがこれだけ長く戦争を続けているなかで、島国のニッポンはどんな立ち位置を取るのか。それはオイラたちが思っている以上に重大な関心事なんだよ。

この記事は岸田さんが防衛費を大幅に増額したことと関連していた。つまりはオイラたちが払っている「税金の使い途《みち》」の話でもある。それなのに「それがどうした」とばかりに話を右から左に受け流しちまってるんだからね。赤っ恥もんだよ。

スマホが普及してからというもの、どうでもいい芸能人のスキャンダルやらにはやたらと反応するのに、生活に直結する政治の話に対してはまるっきり他人事なんだよな。

この当事者意識のなさは北朝鮮がミサイルを撃ったというニュースの時にも感じた。毎日のようにウーウー、ウーウー警報が出ているのに、なぜか「自分には関係ない」と思っちまう。

平和なのはニッポンのいいところだけど、そろそろ〝平和ボケ〟からは目を覚ますべきだ。知らないうちに、不都合なことが色々と決められてたって文句は言えないぜっての。

政治家も「定年制」を導入

アメリカのほうは、次の大統領選に向けて舌戦が繰り広げられているみたいだね。前大統領のトランプが、過去の不倫やら会社絡みの隠蔽やら40以上の罪で起訴されちゃった。これまで大統領経験者で起訴された人はいなかったみたいでさ。（ジョー・）バイデン大統領が本気でトランプを潰そうとしてるのがわかるよ。まァ、トランプは気にせずいつもの調子みたいだけど（笑）。

それにしてもアメリカ国民の政治家に対してのスタンスは、こっちとはえらい違いだよ。ニッポンでこれだけスキャンダルまみれになったら、おちおち道も歩けないだろう。それが堂々と次の大統領選に出ようとしてるんだからね。

もちろん大嫌いだという人もワンサカいるだろうけど、オイラが育った下町の人なんかにはウケる部分があるんだろう。結局のところ、現状に不満を持つような人たちってのは、「自分たちに何の得があるのか」ってところしか興味がない。その点、トランプは差別的なところをあえて隠さず、強烈なナショナリズムをアピールしている。

あとはバイデンが心配になるくらいジイサンだというのも関係している気がするよ。もう80を過ぎてるし、たしかにちょっと頼りなく感じるところがある。

若者は政治への関心が低すぎるけど、その半面、ニッポンの政治家はイヤになるほど権力に固執してるというのも問題だ。ジイサンばかりが集まって将来について話していてもラチがあかない。まずはそこから変えていく必要があるだろう。

例えば企業のように「定年制」を導入してもいい。それかウンと難しい常識テストを毎年受けさせて、合格できなきゃ議員資格を剥奪するとかさ。きっと「○○が専門です」なんて言ってる議員も、フタを開けたら何もわかっちゃいなかったという話になるぜ。

選挙に出るほうも選ぶほうも意識を変えていかないと、いつの間にか「世界の常識」から置いてけぼりにされちまうよ。

「普通に見える人」が凶悪犯罪に走るこの国は、もはや平和とはほど遠い。

本当に起こった「戦争」

安倍さんの銃撃事件も衝撃的だったけど、生きているうちにこれほどの戦争が起きてしまうというのも驚いた。ロシアとウクライナの戦闘は始まってから、今もまだ、どう終息するのか終わりが見えない。

始まった当初はプーチンが西側諸国に駆け引きを仕掛けただけかと思ったけど、あっという間に1年半が経っちまった。そんな時、反旗を翻して亡命したロシアの傭兵組織「ワグネル」のプリゴジンが乗った飛行機の墜落ニュースには愕然としたよ。

真相は「闇のなか」ってことなんだろうけど、原因は機内での爆発だって話もあったからね。誰かに殺されたんじゃないかと考えるのが自然だ。プーチン大統領は「遺された家族に哀悼の意を示したい」と殊勝なことを言っていたけど、状況を見れば無関係には思えない。

傭兵組織が戦争中に国のトップに刃向かって、その後、飛行機が墜落――もう展開が「映画の世界」だよ。というより、下手なB級映画よりよっぽど派手なくらいだ。にわかには信じられないような話だよ。

この戦争もそうだけど、最近はフィクションの世界が考える〝ストーリー〟を現実が凌駕する状況が出てきた。コロナの蔓延なんかもそうだけど、オイラがガキの頃とは色んなことが変わっちまったよ。

その一方で、「ニッポンの怖さ」というのはこういう派手な戦闘とはまったく逆のところにある。国内ではやたらと物騒な事件が多くなった。

自衛隊に入ろうとしていた18歳の自衛官候補生が、自動小銃で隊員を撃った事件もそのひとつだ。

そもそも18歳に人を殺す力がある〝兵器〟を渡していいのかというのが問題だ。18歳成人に変わって多少厳罰化したとはいえ、まだ少年法で守られちゃうガキの年齢だよ。しかも正式な隊員ですらない。そんな若者に銃を渡すほどの判断材料がほんとにあったのかと思っちまう。

ニッポンの実態は、気づかぬうちにかなり危険な水域に入ってしまった気がする。安倍元総理や岸田さんが狙われた事件は警備が手薄だったというのもあるけど、油断を招いたのは、それくらい犯人が「普通な人」だったことが大きいんだろう。

事件が起きるまで、周りにいた人の誰も「危ない」って気がつかなかった。それくらい凶悪犯が「真面目で大人しい風貌」というのはよく考えると本当に怖いことだ。

例えば街なかに眉毛をそり込んで、いかにも腕っ節に自信があるような見てくれのヤツがいたとする。ソイツが前から歩いてきたら最初から警戒するし、絡まれたくねェから距離を置くよな。だけど、真面目なスーツ姿の冴えないオヤジや下を向いて歩く若者じゃそうはならない。そんなヤツがいきなり人を刺したり、ネットで部品を買って家で銃を作ったりする時代になってしまった。

コロナ禍でみんなが家に引きこもるようになって、人と人との距離感がわからなくなってしまったのかもしれない。何かにムカついたり、負の感情が起こった時にその発散の仕方がわからなくなると、人は歯止めが利かない行動に出てしまう。

こうなると、警察はいかにも「クスリをやってそう」なんて見た目より、真面目そうなヤツこそ職質しなきゃテロを防げない時代になってしまったかもしれない。

それは、戦闘員に怯《おび》えるのとはまた違う、平和ボケしたこの国特有のヤバさなんだ。

「マイナンバーカード」はなんで普及しないのか？よく考えると、なかなか深刻な話だぜ。

「ウラがあるに違いない」

岸田政権の支持率がガクッと落ちちゃったのは、「マイナンバーカード」への反発も大きかった。

カードを作って色々登録すれば「2万円分もポイントがもらえます」とニンジンをぶらさげても、やっと国民の半分を超えるかどうかだった。痺れを切らした厚労省は「健康保険証廃止」という強硬手段に出た。保険証機能がマイナンバーカードに入るなら、そりゃみんな登録するしかないからね。結局、事実上の「義務化」にしてしまったということだ。

オイラが育った下町のことを思い出せば、「タダで2万円もらえる」なんて呼びかけりゃみんなホイホイついていきそうなもんだ。それに最近は財布のなかがカードで溢れちまうような時代だ。それを一本化できてポイントもらえるなら一石二鳥じゃないかと考えても不思議じゃない。

それでも上手くいかないのはなぜか。

それはやっぱり、「国民が政権に不信感を持っている」ということに尽きる。みんな政府のうまい話には「ウラがあるに違いない」と端《はな》から疑うようになっちゃったんだよな。例えば「そこで誰かが利権を貪ってるんじゃないか」とかさ。

この問題は結構根深いよ。何か政府が大きなことをやろうとするたびに、国民は「どうせコソコソ、悪どいことを考えてるんだろ」って思考になっちまうからね。

しかもいざ運用してみると、情報流出や赤の他人の情報が紐づけられていたりと、あっという間にトラブルの嵐だった。

そんな状況なのにデジタル大臣の河野太郎が「ゼンゼン問題ありません」なんて態度で強硬に進めようとしたことも悪いほうに働いちまったね。

そもそも「マイナカード」は、免許証や保険証やら今までバラバラだった大事な〝証明書〟を全部ひとつにまとめようって話だよな。そんな重要な話を拙速に進めていいのか。どう考えても勇み足だろう。

詐欺師にエサを与えてしまった

ゆっくり移行すれば良かったのに、ポイントをエサにして一気に変えようとするからボロが出る。制度がいくらハイテクでも、それを動かすのは「人間」だ。どっかでミスも出るよ。なんでこんなに急ぐのかはわからないけど、あらゆる証明書がまとまって〝カンタン〟になるというのは怖い部分もある。

区役所で発行されるのを待たなきゃいけなかった「住民票」が、今じゃコンビニですぐに取れるようになった。便利で助かるけど、住民票の〝ありがたみ〟みたいなものは下がってしまった。

「印鑑証明書」なんてなおさらだよ。大体、そもそもなんの必要性があるかよくわかってないんだから（笑）。もしデジタル化されたら〝印鑑〟なんて消えちゃうんじゃない？

そんな感じでこれから「マイナカード」にすべてまとめられると、そこに付随するものへの「リスク管理」が疎《おろそ》かになっちまうんじゃねェか。

これは〝山登り〟と同じ考え方でさ。麓から頂上まで登ったら達成感があるけど、同じ山を6合目まで車やロープウェーで登ったら山頂に辿り着いたって同じ感慨は得られない。徒労にも思えるところが、警戒心や「大事にしなきゃいけない」って気持ちにつながっているんだよな。

加えて言えば、〝犯罪抑制〟につながっていた面もあるはずだ。

詐欺グループやなんかは今、一生懸命「マイナンバー詐欺」の方法を考えてるはずだよ。「もっといいマイナンバーに変更できますよ」「新しい番号に変更されるので口座番号を再登録してください」なんて具合にさ。

免許証や保険証のデータがあれば悪用の方法はいくらでもある。そんな個人情報がまるごと「マイナカード」1枚に紐づくというんだから、悪党からすりゃ〝狙ってください〟と言われてるようなもんだよ。

最近は詐欺グループもどんどん狡猾になってきたらしいね。

捕まった詐欺グループのメンバーが、電話で詐欺をしている時の居場所がバレないよう「12時間ずっと高速を車でグルグル運転してた」と供述したって話があった。まァ、そんなことするくらいなら、真面目にアマゾンのトラック配達員になったほうが感謝されるし、よっぽど良いような気がするけどさ（笑）。詐欺で儲けたカネと真面目に働いた給料を比べてみたら、意外と変わらないかもしれないってオチかもよ。

真面目な話に戻すと、政治家や役人が「国民のために」って偉そうに立派なことをやろうとしても意味がない。社会は「大衆」が求めて動き出した時に変わり出すもんだからね。

マイナカードへの集約を誰が心から望んでいるのか。きっとそんなヤツいないだろう。トップダウンで「便利な世の中にする」なんて偉そうにやっているうちは、トラブルは終わらない。そんなことすらわからないようなヤツに政治家は務まらないぜっての。

閣僚にふさわしい政治家なんているのか？失言・不祥事のレベルが低すぎるぜっての。

東大で何を学んだのか

政治家はマヌケで非常識なヤツばかりだけど、ここ数年でもっとも呆れたのが第2次岸田政権で法務大臣だった葉梨（康弘）ってヤツだよ。

コイツは「法務大臣は死刑のハンコを押した時だけニュースになる地味な仕事」と発言した。どうしてこんなマヌケが政治家を続けられてるんだろうな。憲法9条の問題しかりニッポンの法律ってのは〝タテマエ〟が大事なのに、子供でもわかるような言っていいことと、悪いことの線引きすらできないんじゃ話にもならない。

この発言はパーティーの挨拶で言ったみたいなんだけどさ。きっとコイツは法務大臣になってから何度も内輪ウケ狙いの「鉄板ネタ」として話していたに違いないよ。そもそも、それがウケていると思っている時点でまるでセンスがないね。それに、喋ったことが何でも記事にされたりSNSに投稿されるご時世で、こんな余計な発言をしてしまう。そんなヤツが法務大臣だったワケで、なにが法律だという話になってくるよ。

そもそも「死刑制度」に対しては個人個人で考え方がまるで違う。日本国内にも「廃止すべきだ」と主張している人はワンサカいる。世界に目を向ければ死刑制度が残っている国のほうが少なくて、ニッポンは制度が「ある」というだけで反発を受けたり、批判の対象にされることだってある。

そういうなかで、「死刑のハンコを押す」ってのは、自分の政治生命を左右しかねない問題だと理解しなきゃダメだ。それが「地味な仕事」に思えるということは、いかに法的な素養やセンスがないかってことだよ。

コンプライアンスでがんじがらめのこの時代、フツーの社会人はもちろんタレントや芸人だってこんなことは言わない。この葉梨って人は東大法学部を出て、警察庁にキャリアで勤めたエリートらしいけど、一体何を学んできたんだろうな。

仮にも大臣だぞ？　こんなヤツじゃなくて、もうちょっとマシな候補はいなかったのか。

あと気になるのが、世界の人たちはニッポンの政治のゴタゴタをどう見ているのかってことだよ。きっと「すぐに大臣を代える国」と思われているんだろうな。これも恥ずかしい話だよ。首相が岸田さんになってから、不祥事に内閣改造と大臣がコロコロ交代したけど、それでわかったのは誰が大臣になってもすぐに代わりが利くし、誰がやっても政治は変わらないということだ。

「あの人が代わってしまったから」

そう言われるような大臣なんてこの数年、誰の名前も顔も浮かばない。そんなんだから官僚たちにいいようにやられて、舐められちまうのもうなずけるよ。

遊んでばかりの「エッフェル塔（ポーズ）」議員は、報告書をChatGPTで書くんじゃねェか？

何が「少子化対策」だ

自民党の女性局のメンバーの「フランス研修旅行」が大炎上していた話は、あまりにもバカバカしくて笑っちまった。

松川るいって参院議員がSNSにアップした写真でバレたんだよな。エッフェル塔の前でポーズを取ったり、集合写真を撮ったりと、まるで旅行気分だったことを自ら「白状」しちまうというお人好しっぷりでさ。

名目上は「フランスの少子化対策や子育て支援などの視察や意見交換」ってことらしい

けど、ちゃんとした研修は3泊5日のうち「数時間しかなかった」なんて報道もあった。なんのこっちゃない、向こうの議員やらとちょっと話したらあとは土産物買って、美味いもんでも食ってたに違いないよ。それこそ、エルメスでも買ってたんじゃない？

それと腹が立ったのが、この女性議員たちが「費用は党費と各参加者の自腹だった」と言い訳をしていたことだ。そもそも党費なら税金だし、参加者の自腹だったってそれが歳費ならすべて税金が原資だ。そんなこともわからないようなヤツラに払う税金はないよ。

そもそも「少子化対策」を学びに行ったって話だけど、本当にニッポンのためになるのか怪しいもんだ。国によってそれぞれ事情も違うし、そっくりそのまま〝猿マネ〟したってフィットするかはわからないんでさ。


オイラは海外視察を頭っから否定してるワケじゃない。映画の世界だって海外の作品や文化に学ぶことは大いにあるし、遡ってニッポンは明治時代の「遣外使節団」みたいなのがあって成長したワケだからね。

オイラが言いたいのは、カネと時間をかけてまで外国に行くべきなのはオマエラじゃないだろって話でさ。今のご時世、ネットで何でもわかるし、現地に行かなくてもテレビ電話やらで向こうの人とつながることもできる。まずはそういう形で勉強したって良かったんじゃないか。その分、余ったカネをどう使うのかを考えたほうがよっぽど建設的だよ。

このフランスへの研修は「調査」については報告書が提出されるらしい。どんな内容なのかは知らないけど、観光ばかりしていたのにマトモな報告書なんて書けるのか疑問だよな。随行したスタッフに書かせるのかもしれないけど、下手すりゃ流行りの「ChatGPT」を使うかもしれないぞ（笑）。

議員に限ったことじゃないけど、なんで最近はよせばいいのにSNSに余計なことを投稿しちまうんだろう。昔から政治家が海外で豪遊なんて珍しくなかったけど、誰も自分から暴露したりしなかった。今回のエッフェル塔だって写真を出してなきゃ、政治に無関心なニッポン人にはきっとバレなかったはずだ。

これはもう一種の〝現代病〟かもな。メシを食っても、人と会っても必ずスマホで写真を撮って、それをSNSに投稿する——ここまでがもう一連の〝儀式〟みたいになってしまったのかもしれない。

ＳＮＳは世界中の人とつながることができたり、自分をＰＲできたりする側面もあるけど、このエッフェル塔の記念写真は貧乏人からすりゃ「ふざけんじゃねェ」って怒りを覚えただけだったね。

第2章

SNS中毒で生まれた〝ヤバい格差社会〟

オイラの「なりすましSNS」が酷すぎて、いよいよ笑いごとじゃなくなってきた。

身体とスマホが〝一体化〟

スマホやSNSが生活の一部になってきたという話をしたよな。

実は最近、オイラもSNSの「なりすまし」に困ってるんだよ。インスタグラムやなんかで、オイラのフリをして「人生相談」に答えてるヤツがいるみたいでさ。

最初に言っておくけど、オイラは自分のホームページ以外は何もやってない。もし、「#北野武」とか「@ビートたけし」なんて名乗るヤツがいたら、それは全部ニセモノなんでさ。危ないからくれぐれもアクセスしないでほしいんだ。

詳しくはわからないけど、悩みやなんかを投稿したヤツに対していかにもオイラが言いそうなことを返してるみたいなんだよ。最近は「ChatGPT」ってAIが話題になってるけど、〝ビートたけし風〟の回答をするヤツが出てきたんで、他人事じゃなくなっちまった。今のところ最悪の事態にはなっていないけど、今後どうなるかわからない。

もし他人に迷惑がかかるようなことになると、オイラも厳正な対応を取らなきゃならなくなる。こんなことを目的もなくやるはずないんで、何かしらカネ儲けや詐欺を企んでる可能性もあるからね。オイラからしたらいい迷惑でしかないんで、いい加減にしてほしいよ。

誰もがスマホを持つ時代になって、身体とスマホが〝一体化〟してきてるように感じる。

オイラが街を歩いていると「頑張ってくださいね」なんて声をかけられて、「あぁ、どうも」と返して数秒後に振り向くと、その人がスッとスマホのカメラを向けてるんだよ。

芸能人に遭遇して、「もったいない」とでも思ったのか。理由はわからないけど、やっぱりゾッとするし、怖い時代になったなと思う。きっと普段から常にスマホを手に持っていて、何かを撮るという行為を「条件反射」でやっちまうんだろうね。

東京ドームの「ホームランボール強奪騒動」なんかもそのいい例だよ。ヤクルトの山田（哲人）の打球を外野席で少年がキャッチしたかと思ったら、横にいたオッサンが横取りしたという話でさ。まァ、大した話じゃないんだけど、その映像がネットで拡散されて、大炎上しちまった。それがどんどんエスカレートして、この強奪男の素性や家の住所まで晒《さら》されるところまでいったんだよな。この男も代理人弁護士までつけて誹謗中傷には「法的措置を検討する」なんて表明する〝泥仕合〟に発展してしまった。

どっちにしろ、この男は「大人のマナー」がまるでわかってないところは情けない。ボールがきて思わず手が伸びちまったのかもしれないけど、こんなの子供に譲ってやるのが常識だ。その後の言い訳がましいところも含めて、器が小せェなと思うよ。

ただ、オイラは、いくら情けないヤツだと腹が立っても、それをネット上に書き込んでつるし上げようなんて思わない。「匿名」であるのをいいことに、知り合いでもないヤツを叩くのは単なるリンチでしかない。ソイツラは、〝悪者〟を糾弾していい気になってるのかもしれないけど、憂さ晴らしで人の批判をしてるようなヤツは、ボール横取り男と同レベルだっての。

たった3日間の「通信障害」で大パニック、便利になりすぎて「危機管理力」は落ちる一方だ。

スマホは年貢であり手錠

ＫＤＤＩの携帯が「通信障害」で3日間通じなくなっちまったことがあったよな。今やインターネットが「つながって当たり前」の時代になって久しいけど、それがいかに脆《もろ》いモノかがこの騒動で炙《あぶ》りだされてしまった。

この時、末端の携帯ショップの店員が何かできるはずもないのに、怒り狂った客が「電話ができない」「何とかしろ」と文句を言いにジャンジャン店に押しかけたらしい。

どれだけスマホやケータイに依存しているのかって話だよ。でも、電話だけじゃなくて車のナビや銀行のＡＴＭもダメになってしまった。ひとつの携帯キャリアのトラブルで、これだけ世の中が止まっちまうってのはやっぱり怖い。

どれだけ便利になっても所詮は機械だ。いつかは壊れることもあるし、それくらいのことは事前に想定しておかなきゃマズいだろう。

オイラも一応持ってはいるけど、極力それに頼らないように過ごしてる。このままじゃ、ニッポン人は通信会社に全部握られちゃうよ。スマホってのは〝手錠〟みたいなものだ。毎月「通信料」という名の〝年貢〟を取られているのに、もうみんな逃げられなくなってる。そして、いざつながらなくなったら手も足も出なくなっちまった。

マイナカードのトラブルにも似ているけど、あらゆるモノが便利に集約されたことで、トラブルが起きると手も足も出なくなった。ケータイがなかった時代はそんなものがなくても当たり前のように世界は回っていたのに、今じゃ一寸先のことさえおぼつかない。「危機管理」という意味では、時代が逆行してしまった。

最近はネットにばかり気がいって、「リアル」が疎かになっている。ニッポン人は一度、原始時代の生き方に向き合ってみる必要があるぜってことの。

「返金」じゃつまらない

このトラブルは〝災害〟というのとはちょっと違うかもしれないけど、社会活動がストップするという点ではそれくらいのインパクトがあったことはたしかだ。

どんなに準備しても予期せぬトラブルは起きてしまうし、そういう時に問われるのは、いかに柔軟な対応ができるかってことだ。そこで評価を上げるか、下げるかが企業もヒトも大事になってくる。

その点、ＫＤＤＩが後日出した「お詫び」の対応が「ユーザー全員に２００円返金」というのには笑っちまった。

もちろん３６００万人以上に配るワケだから、支払総額は単純計算じゃ70億円以上になる。莫大な金額だし、企業としては誠意を込めた対応なんだろうけど、それぞれのユーザーからすれば「２００円もらってどうするんだ」って話でさ。随分とユーモアのないカネの使い方をするもんだなと思っちまったよ。

オイラが担当者だったら、もっと上手くやってたよ。

例えば、「謝罪の気持ちを込めて、○か月0円キャンペーンをやります！」とかさ。スマホは毎月利用料を取るビジネスだから、いかに固定の顧客を増やすかが大事になる。だから、謝罪のフリして新規の客を増やしちまうという作戦だよ。さすがに不謹慎だと怒られちまうか（笑）。

もし返金するにしたって、全員に200円返すなんてチマチマしたことはやらない。どうせなら抽選で「1等15億円」とか「1億円が70名様に当たる！」とかサマージャンボも真っ青の〝宝くじ方式〟で大盤振る舞いするんだよ。これならケチ臭いと言われることはないし、きっと大騒ぎになって宣伝効果もバッチリというね。

結局のところ、企業の対応を決めるのも人間だ。便利になりすぎて危機対応ができなくなった今の社会構造は、いずれ破綻するかもしれないぞ。

小遣い程度のカネで「犯罪」に加担させられる。ネットにはびこる「闇バイト」って言葉は厄介だ。

若者がカモにされている

ネットが怖いのは、見ず知らずのヤツラが知り合うことで、「犯罪」につながっていることだ。

世間を賑わせた一連の強盗事件じゃ主犯格の〝ルフィ〟一味が逮捕されたけど、これは実にタチの悪いヤマだった。幹部連中はみんなフィリピンにいて、SNSで募集した末端の実行犯に指示を出す。知らないうちに、実に立派な「組織犯罪」が出来上がっていた。

こんな事件は「スマホ」がない時代じゃ考えられなかったよ。

オイラが驚いたのは、イマドキ強盗なんかやるか？　ってことだ。いたるところに監視カメラがあるし、警察の捜査だってべらぼうに進化してる。そんな危ない橋を渡るのはどんなバカかと思っていたら、〝実働部隊〟はお互い面識がなかったというからね。ネット上のＳＮＳに書き込まれた「闇バイト」って呼ばれる〝求人募集〟に応募したらしい。捕まったヤツのひとりが、「保険証や家族の名前を伝えていたから逃げられなかった」と言っていたんだよ。だけど、普通は強盗を働くほうがよっぽど怖いはずだ。カネに困っていたのかもしれないけど、ちょっと理解できない神経だよ。

コイツラは自分たちがカモにされていることに気づいていない。リスクだけ背負わされた挙げ句、もらえるギャラは盗んだカネの数％しかない。そんな〝割に合わない〟役回りを押しつけられて犯罪者になるなんて浅はかすぎるだろう。

それよりこの「闇バイト」って表現は厄介だ。募集されている仕事は「強盗の実行犯」なのに、聞こえがどうもマイルドになっちまう。闇カジノとかも同じだよな。

不思議なことにやることは犯罪なのに、なぜか少し気楽なものだと錯覚してしまう。コイツラのなかにも、「ちょっと危ないこと」と甘く考えて応募したヤツもいたはずだ。今後もこういうグレーな表現が増えていく気がするよ。

その一方で、もともと黒い存在とされてきた「ヤクザ」の世界はだいぶ様変わりしてきたみたいだね。神戸のラーメン屋でヤクザの組長が殺された事件には仰天した。

抗争自体は珍しくないけど、その組長が正体を隠して「ラーメン屋の店長」として真面目に働いていたというね。真面目に味を追求していたのか、なかなか美味い店だったみたいだ。常連客もみんな驚いていたらしいよ。

最近はヤクザのシノギもめっきり厳しくなってるのかもしれない。

この組長だけじゃなくて、実は色んなところで〝別の顔〟を持ってるヤクザが増えてるんだろう。時代が変わったなと思うのは、ヤクザがラーメン屋で真面目に副業しているのに、「半グレ」と呼ばれるチンピラがもっとヤバいことに平気で手を出しているということだ。これはかなりヤバい状況だよ。

ヤクザは社会的に褒められた立場じゃないけど、体育会系というか義理人情やメンツを重んじる部分を持つ「古い体質の組織」という感じがする。だけど、半グレ連中は強盗だけじゃなくて「投資詐欺」をやったり、なんというか「人間の温度感」をまるで感じない。

少しでも常識があれば罪悪感で悩んじまいそうなラインを、平気でジャンプして越えちまうところに今までにない怖さがある。

〝お涙頂戴〟は時代遅れだ

そんな、軽い気持ちで何でもやっちまう時代を象徴するような騒動がもうひとつあった。回転寿司のスシローで起きたバカなガキのイタズラだ。

男子高校生がおふざけで卓上の醤油ボトルや湯呑みを舌で舐める動画を撮ってＳＮＳに投稿したという話なんだけどさ。

さっき「スマホは現代の年貢だ」と言ったけど、ここまで社会に普及すると無視もできない。よく「大衆に受け入れられる」なんて言うけど、それが「スマホでどうウケるか」にシフトしちまった。そもそもスシローの事件の原因は、多くの若者が「ＳＮＳ中毒」になってしまったところにある。

この騒動でやらかしたガキはもちろん、被害者になった企業のほうもスマホの恐ろしさを思い知らされた。ネットであっという間に拡散されて、きっと「友達を笑わせたい」くらいの気持ちで投稿した動画は国中みんなの知るところとなった。

スシローは高校生と家族に対して、早い段階から「法的措置を取る」と毅然とした態度を見せたのが良かったと思う。損害賠償の金額がどうこうってことより、食い物で商売しているんだからさ。顧客に対してちゃんとする姿勢を見せるべきだ。

ニッポン人はどうも〝お涙頂戴〟なところがあるのが良くないよ。「学生が反省して謝罪したんだから許したほうがいい」という声も多かったようだけど、その高校生が謝ったところで企業の株価が戻るとは限らない。その会社で働く社員にとっちゃ死活問題なワケで、いい意味で〝見せしめ〟になれば、今後は同じような事件を少しは減らせるかもしれないしさ。

あとはやったのが子供だからといってナァナァで終わらせないほうがいい。そんなヤツに育てたのは親にも責任があるし、本人にも当事者意識を持たせるべきだ。18歳で選挙権がもらえる時代なんだから、こういう時ばかりガキ扱いしていたらおかしいぜっての。

安くない授業料になっただろうけど、二度とスマホでバカな動画を流そうなんて考えなくなるだろうよ。

スマホはたしかに便利なところもある。だけど、自分が持っているということは反対に誰かに狙われる危険もあるってことでさ。何か悪さをすればすぐに世界に拡散されちまうかもしれないんで、レストランの個室だって安心できないよ。

芸能人は昔からパパラッチに狙われてきたけど、今や一般人だって常にそのリスクがあるってことだ。最近は「スマホで注文」なんて飲食店も増えているみたいだけど、似たような騒ぎが続くようだと入店時に「スマホ没収」なんて時代が来るかもしれないね。

町内会の「回覧板」に似ている

もうひとつ、ネット社会の大きな問題が「匿名の書き込み」だ。タレントのｒｙｕｃｈｅｌｌの自殺報道でそれを改めて痛感したよ。ｒｙｕｃｈｅｌｌは色々と悩んでいたことがあったみたいだけど、最後に追い込んだのは顔も名前も知らないネット上の匿名の書き込みという〝暴力〟だったのかもしれない。

オイラ個人はホームページを持っているくらいでネット社会との関わりはほとんどない。ＳＮＳじゃ好き勝手に色々書かれてるんだろうけど、一切相手にしないし見ようとも思わない。

ＳＮＳは自分の意見を発表できる場でもあるけど、一歩間違えれば批判の矛先を向けられる諸刃の剣みたいなものだ。特に芸能人は〝目立たなきゃいけない〟職業だから、どうしたって誹謗中傷の対象になりやすい。だからもう「攻撃を受けるもんだ」と割り切ってしまうしかないよ。そして、いちいち気にしない。

ネットの書き込みに腹が立つのは、昔の町内会の「回覧板」に似てるよな。

隣の家に住んでるヤツに面と向かって悪口を言われりゃ腹は立つけど、こっちだって意見を言える。だけど、回覧板に匿名で悪口を書かれたら「誰が書いたのか」と疑心暗鬼になっちまうし、普段は仲良くしてるヤツなのかと思うと気分が悪い。それと同じだよ。

ネットは「まったく知らないヤツ」を攻撃するという意味でさらに酷くなった。だけど、残念ながら〝誰かを傷つけようとする人〟ってのは必ずいるんだよな。それで自分の憂さを晴らしてるんだろうけど、趣味が悪いったらないよ。

そんな情けないヤツに自分の心を乱されてちゃもったいない。やっぱりネット社会に呑み込まれないためには、端から〝入り込みすぎない〟ことが大事なんだ。

中学生が「死刑になりたい」から人を刺した。こんな子をつくらないために「叱れる大人」が必要だ。

「いいね」ボタンの勘違い

まだ10代なのに大きく道を踏み外しちまうのもいる。15歳の女子中学生が、渋谷で見ず知らずの親子を包丁で切りつけたって事件があった。

この子は「死刑になりたいと思って、たまたま見つけた二人を刺した。自分の母親と弟を殺す予行練習をしようと思った」「人が本当に死ぬか試したかった」と供述していたらしいけど、この考え方は「幼い」という以前に、本当に「自分勝手」だよ。死にたきゃ自分ひとりで勝手に死ねばいい。他人を巻き込む了見がわからない。

こういう人は、自分のことでは思い悩んでも、他人の人生や未来にまでは思いが至らないんだろう。

誰にだって悩みのひとつやふたつあるだろうけど、最近はその捌《は》け口として安易に「他人を巻き込もう」と発想してしまうヤツが多い。不特定多数が利用する電車のなかで〝テロ〟を起こすのが増えたり、若者はどんどん「自分中心」になってる気がするよ。

自分だけが悲劇の主人公で、それがアピールできれば他人のことはお構いなし。〝練習台〟にされてしまった親子の気持ちはまるで無視している。もしかしたら、自分の周りの人間以外は、みんな「モノ」のような非常に軽い存在に見えちまってるのかもしれないね。

こんな歪んだ性質の若者が増えるのは、やっぱり「社会」と「教育」の問題だよ。

最近のネット社会、SNS社会は、まだ幼い子供たちに「自分も無条件に社会の主役になれる」と勘違いさせてしまった。中高生、下手したら小学生だって自分でジャンジャン発信して、その投稿に顔もよく知らないヤツが「いいね」とボタンを押して褒め称える――だから調子に乗る。そういう上っ面の「自分らしさを褒め称える社会」が子供たちを勘違いさせちまってるんだよ。

それを止めるはずの大人たちも、どんどん甘やかして子供にすり寄るようになった。オイラがガキの頃は勉強をサボって遊んでいたら、問答無用でブン殴られた。メシだって「子供は用意されたモノを食え」って感じだったけど、最近は親のほうが子供に何でも合わせちまうんだよな。

学校のセンセイも変わっちまった。昔は子供にとっちゃ絶対に逆らえない「怖い存在」だったのが、うるさい保護者の顔色ばかり窺うようになったからね。なるべく叱ることは避けて「それぞれの良いところを伸ばそう」という風潮になってきた。「個性を尊重している」と言えば聞こえはいいけど、結局は問題から目を背けて甘やかしてるだけだよ。

そうこうするうちに子供たちが誰からも怒られなくなっちまって、善悪の分別がつかなくなっちまったのかもしれないぜっての。

教師の「エリート化」が必要

教師の〝質〟が下がったというのは、ニッポンの大きな問題だ。

滋賀県の公立小学校の教師が、担任をしてる2年生のクラスで生徒のいじめを先導したって話があった。一概には言えないけど、この問題が起きたのは「公立」で、そういうのを避けたいカネ持ちはみんな高いカネ払って「有名私立」に子供を通わせるとかって話になってくる。

昔みたいにニッポンがずっと豊かなままで、公務員は「死ぬまで安泰」だとみんなが信じている時代なら教師や役人にも良い人材が集まるだろう。とはいえ、今はこの有り様だ。昔は「学校の先生」と言えば、町じゅうで尊敬されていたし、威厳があった。親も「先生の言うことを聞きなさい」と口を酸っぱくして子供に言い聞かせていたもんだけどさ。

それが今じゃ休みの日も部活動の顧問をやらされて、なんにでもイチャモンつける「モンスターペアレンツ」にまで対応しなきゃいけなくなった。賢いヤツなら、もっとラクして儲かる仕事を選ぶに決まってるよ。

よくノーベル賞を獲った人が「日本出身だ」って喜んでいるけど、実はアメリカ国籍を取得してたり、「ほとんど海外の研究所で過ごしてました」なんて話が増えてきた。よく考えれば、「国内じゃ人を育てられない」って状況だから、喜んでいる場合じゃないよ。

ニッポンの「教育」をイチからやり直すためには、国が主導して改革するべきだ。まずは教師の「エリート化」を進めることだ。給料をグーグルやアマゾンに負けないくらい高くするとか大胆なことをやらなきゃ。その代わり、試験は超難関にするんだよ。そうすりゃ先生に対する〝世間の目〟も変わると思うぜ。

これは「官僚」にも同じことが言えるよ。昔は東大法学部から官僚なんてエリートコースの代名詞だったけど、今は不人気なんだってさ。たしかに安月給で自分よりバカな政治家にコキ使われてたらやめたくもなるよ（笑）。

一時期の氷河期と比べたら人手不足で学生は売り手市場だからね。優秀なヤツは若い頃からジャンジャンカネをもらえる外資系の会社を選んで当然だ。公立の教師や官僚はオイラたちが払ってる税金で働いている。待遇も責任感も〝格上げ〟しないと、国全体が弱っちまうぜっての。

第3章

激変する「エンタメ」と「メディア」の世界

オイラの映画『首』がついに公開された。「カンヌ国際映画祭」では手応えを感じたぜ。

改めて「北野組」に感謝

この本が発売される頃には、すでに観てもらえてるかもしれないけど、オイラが監督した映画『首』が11月末に公開された。

今回も国内での公開に先駆けて、カンヌ（国際映画祭）に出品させてもらったんだけどさ。数年前に新設された「プレミア部門」ってところに日本人監督で初めて選んでもらえて、名誉なことだったよ。

あとはやっぱり「北野組」の俳優たち、そしてスタッフに改めて感謝だね。

今回は時代劇で、いつものメンバーに加えて中村獅童が初めて出てくれたんだけど、「たけしさんの映画に出るのが若い頃からの夢だったんです」って感動してくれてさ。結構重要な役を任せたんだけど、なかなか「ハマり役」だったと思うぜ。ありがたいことに、ほかのみんなも「ギャラに関係なく出たい」と言ってくれる人が多いんだ。

オイラは監督と脚本に集中したかったんだよ。だけど周りから色々言われるんで、結局、俳優としても出ることになったんだけどさ。ほかの役者はみんな上手いから、間違いなくオイラが一番のヘタクソだよ（笑）。

カンヌに行くのは『アウトレイジ』以来13年ぶりだった。向こうでは色々と楽しませてもらったよ。ただもう歳だね、帰国してすぐは時差ボケが酷くて大変でさ（笑）。こっちでも割とニュースになってたみたいで、帰ってきてから色んな人が連絡をくれたよ。

時代劇というテーマが「外国の人たちに理解できるかな？」と不安なところもあったけど、終わった後は観客からスタンディングオベーションをもらえた。やっぱりカンヌだからね、手応えを感じられた。きっと翻訳の人が上手く訳してくれたんだと思うけど、観客からゲラゲラ笑いも起きて喜んでくれてさ。

オイラの感覚としては『菊次郎の夏』の時のほうが会場の温度感は少し高かったかなとも思ったけど、戦国時代の歴史とかそういう背景に詳しくなくてもこれだけ反響があったんでホッとしたよ。

ありがたいことにオイラは向こうでも知ってもらえてるみたいでさ。空港に着いた瞬間から、出待ちの人たちに囲まれちゃった。オイラの昔の映画のポスターやなんかを持ってきて、「ムッシュ、ここにサインしてくれ」ってジャンジャン押し寄せてくるんで、ビックリしたよ。

カンヌでは、映画プロデューサーのジェレミー・トーマスが開いてくれた食事会の店で偶然、（マーティン・）スコセッシ監督に遭遇するなんてサプライズもあった。わざわざ向こうからこっちに来て挨拶してくれた。オイラのことも知ってくれてたみたいで、ありがたいやら恐縮やら不思議な感じだった。こういうこともカンヌならではだよな。

CGだと嘘くさくなる

「レッドカーペット」を歩くのも久しぶりだった。ありがたいことにオイラはもう5度目かな？　万雷の拍手のなかであそこを歩くのは、やっぱり映画人としての「夢」だ。オイラも今回は初めてカミサンと一緒に歩いたんで、そういう意味では新鮮だったね。

こういう時、男はタキシード、女の人はドレスというのが定番だけど、ニッポン人に似合うのは着物だよな。オイラは着なかったけど、映画に出てくれた中村獅童が袴を着て、カミサンも着物だった。現地じゃなかなか好評でさ。出演者のみんなもカミさんを連れてきたりと楽しんでくれてたみたいだから参加して良かったよ。

現地で『首』を観た人たちからよく言われたのが、「色彩が良かった」「合戦シーンの迫力がスゴかった」という「画の強さ」の部分だった。

最近の合戦シーンなんかは大体、CGでやっちまうからね。オイラも使うことはあるけど、どうしてもこういう撮影は本当の「人」を入れないと動きが嘘くさくなる。

例えばCGだと、大体、5人組くらいの兵隊を1セットにしてそれを何倍にもコピーするようなイメージなんだ。だから人数だけワンサカいても、どこか画一的に見えてしまう。

それが実際にエキストラを入れてやると、誰かがコケたりつまずいたりオドオドしたり、予想外のことが必ず起きるんだよ。そこで背景にも自然と〝個性〟が生まれてくる。

たかが背景と思うかもしれないけど、その辺のリアリティを評価してもらえたんだと思うし、オイラはこれからも大事にしていきたいね。

「五輪とカネ」にはうんざり

一方で、公開にこぎつけるまでは色々とあった。

製作途中で「東京五輪とカネ」のきな臭い話がどんどん明らかになってきたからね。開催期間中より、やる前とやった後のほうが盛り上がってるなんて、こんな五輪は前代未聞だよ。オイラもその騒動と無関係じゃなくて、この映画を一緒に作っていたKADOKAWAにも元電通やらの関係者に大金を支払っていたという話が出てきてさ。

映画を撮っていた時から、色んなところで〝首〟を傾げることがいっぱいあった。オイラのホームページで発表したこともあったけど、撮影が始まった頃から「早く契約を結んでくれ」と言っていたのに、どうもスムーズに話が進まない。何人かのスタッフは結局クランクアップまで契約できなかったらしくてさ。新しい人たちが間に入ってくれたことで完成まで辿り着けたけど、当時は唖然とすることだらけだった。

だから五輪の件を聞いて、「そんな余計なことをやっているから、オイラの映画の件が一向に進まねェんだよ」って思っちまったよ。

特に現場にまったく関わっていないのに、クレジットに「製作総指揮 角川歴彦」と入れてくれと言われた時は本当にアタマにきた。今までそんなことは言われたこともなかったし、ありえない話だよ。そんな経緯があったから、ワイロの件で会長が記者の質問に「知らない」「僕にはわからない」と話してたのを見た時は、「へェ、こっちのプロジェクトは製作総指揮してないいんだ」と思わずツッコミ入れちまったね。

ジャニーズ問題をきっかけに、芸能界とメディアは〝膿〟を出し切るべきだ。

「本気」が感じられなかった

カンヌでは海外メディアの取材も受けた。もちろん映画についての質問が中心だけど、「ジャニーズ」についての話は色々と聞かれたよ。

ジャニー喜多川元社長の「性加害問題」については、芸能界の枠を超えて、メディアやスポンサー企業との関係にまで波及した大きな議論を呼んだ。9月にジャニーズが開いた会見は全面的に否を認めた形ではあったけど、オイラには事務所が本当に「新体制」に生まれ変わる覚悟があるようには見えなかった。

社長を東山（紀之）に代えると言ってたけど、結局は創業家が１００％の株主で代表権まで維持したままでさ。逆に「どこが変わったんだ」という話だ。東山はジャニーズ事務所のなかでは古株として頑張ってきたのかもしれないけど、要するにただのタレントだからね。事務所を立て直すノウハウがあるワケもないし、それを期待するのは酷だよ。

創業家が株主であるうちは発言権も残るし、気にいらなきゃ社長なんていつでも代えられる。オイラが若い頃、浅草のストリップ劇場が摘発されたんだけど、支配人だけ尻尾《しっぽ》切りですげ替えてしれっと営業を再開してた。言い方は悪いけど、構造はそれと同じだよ。


会見も歯切れが悪かったね。「補償額を具体的にどうするのか」とか今後は「こういうルールを設定する」とかもっと具体的な案を練ってからやらなきゃ。とりあえず世論に対応するためにやりましたって感じで、〝準備不足〟がミエミエだよ。

あとはこの時、「ジャニーズ事務所」という名前を変えないと言ったのは悪手だった。ドミノ倒しのようにテレビ局や企業が「ジャニーズ離れ」を鮮明に打ち出したところで焦って別会社を作ることになったけど、最初から変えてりゃ「本気なんだな」と思ったはずだ。何でも後手後手で、そのあとに飛び出した「指名NGリスト」に関しちゃ呆れてモノが言えないよ。

何より一連の経緯がカッコ悪くて仕方がない。もとよりこの問題が明るみに出たのは、イギリスのBBCが大特集したからだ。

子供への性加害の問題は、海外では日本とは比較にならないような重罪だ。ジャニー喜多川が故人だからその辺の責任の所在が難しくなっているけど、一生牢屋のなかに入っていてもおかしくない。そんなヤツを何十年も野放しにしていたワケで、海外からは「なんて遅れた国なんだ」と呆れられているだろう。

事務所パワーの衰退

その点、ジャニーズの問題についてはメディアや広告に起用していた企業も〝同罪〟だ。芸能界にいる人間なら誰でも、ジャニーズのそういう噂は聞いたことがあったはずでさ。今さら「初めて聞いて驚いた」なんて嘘に決まってる。

昔、オイラがテレビでこの疑惑をパロディにしたことがあったんだよ。企画自体を止められることはなかったけど、プロデューサー連中はクビを覚悟したように青ざめた顔で呆然と立ち尽くしてた。その顔を見た時に、いかにテレビ局がジャニーズの顔色を窺っているのかがわかったよ。

今回の事件は性加害の問題とはまったく別に、ニッポンの芸能界の悪しき慣習の〝膿〟を出すことにつながった。

これまでジャニーズから独立したタレントが急にテレビに出なくなったり、ライバル事務所のタレントが使われない番組もあったりした。

そういう形でテレビをはじめ、メディアがこの問題に加担してきたことも反省すべきだ。とはいえ、ジャニーズやメディアの圧力問題みたいな話は、BBCの報道がなくても遅かれ早かれ糾弾されていたとも思う。今やテレビなんかよりネットのほうがよっぽど巨大なメディアだからね。SNSで情報がジャンジャン流れてくるし、ひとつの芸能事務所が好き勝手できるような時代じゃなくなってしまった。

ジャニーズは芸能界の一大勢力だったけど、今回の一件で立場は失墜してしまった。これからはタレント集めも大変になるだろうし、残されたタレントのこともしっかり考えてやらなきゃ、誰も子供を事務所に預けようなんて思わないぜ。一部の売れたヤツ以外、「アイドル」なんて職業は未来永劫続けられるワケじゃない。それを次から次へと入れ替えてきた。これからは「アイドル年金」じゃないけど、将来にわたって保障していく姿勢が必要なんじゃないか。

ハリウッドでも同じようにセクハラの問題はあって、それが「#MeToo」運動につながった。でもニッポンと違うのは、明るみに出た後は徹底的に糾弾するし、そこに忖度やらがないってことだ。ジャニーズの事件は世界中が注目してるんで、しっかり覚悟を持ってやってほしいよ。

「身体を張る」必要なんてない

性加害の問題は、ニッポンの「映画界」でも大問題になっている。

園子温って監督が演技指導だとか、「映画に出してやる」みたいなのをエサにして女優に手を出していたのがバレて糾弾されていた。まァ、そもそもオイラはこの人の映画はゼンゼン評価してないし、特に興味もない。

映画の世界じゃ「名監督」と「名女優」の恋愛というのは珍しいモンじゃなかった。大島渚監督の奥さんも女優だったし、深作欣二監督も色々と浮き名を流してたもんな。当時の銀幕の世界は今よりずっと華々しくて、撮影の熱気そのままに現場で盛り上がってデキちゃうなんて話はたくさんあったんだよ。

でも園の場合は、そんな大したもんじゃない。中途半端な監督がちょっと売れたからってちゃちな権力をちらつかせて、若い女優の卵をダマしてただけだ。

女優の子たちも、園なんかの映画のために身体を張る必要なんてないぜ。

そんな要求をするようなヤツの映画なんてたかがしれているし、結局そこで出演できたからってそのあと女優として成功できるとは思えない。なんにせよ、人の夢を食い物にするこういう輩《やから》がいることは断じて許してはいけない。

オイラの映画はほとんど男性キャストしかいない男臭い現場だし、そんな話はもちろん一切ない。日本の映画界全体がそんなヤツラばかりだと思われたら腹が立つよ。

香川照之の「ハレンチ騒動」の元凶は、「梨園は特別」という時代遅れの感覚だ。

昔は「売れたら銀座」

こういったスキャンダルは枚挙に暇《いとま》がないね。俳優の香川照之が銀座のホステスにハレンチなことをしていたのが大炎上した。これは「歌舞伎界の常識」というのが、いかに「時代遅れ」かというのを表わす象徴的な騒動だった。

この人はもともと、市川猿翁と女優の浜木綿子の間に生まれたのに、両親が離婚したから子供の頃は梨園で育ってこなかったんだよな。そこから東大を出て俳優としても人気者になったのに、やっぱりどこか「憧れ」があったのかな。その辺の恩讐を乗り越えて、40

を過ぎてようやく歌舞伎の世界に入ったという変わり者でさ。

父親と同じ歌舞伎役者になるのは念願だったんだろうけど、しがらみの多い世界だから、〝新参者〟の香川は居心地が悪かったのかもしれない。生粋《きっすい》の歌舞伎役者に対してコンプレックスがあって、その鬱憤を晴らそうと「オレだってほかの花形歌舞伎役者に負けないくらい遊び慣れている」と意地になって銀座でハメを外しすぎてしまったんだろう。

たしかに昔は芸人も「売れたら銀座」という憧れがあったし、みんなで連れだってよく飲みに行っていた。オイラも（島田）洋七と毎日のように銀座に行っては、ジャンジャンカネを使ってたもんだよ。

あの頃は浴びるほど酒を飲んで、ホステスも一緒になって騒いでいたけど、もうそんな時代じゃない。海外から来日したお客さんが銀座に行くと、「こんなところがあるのか！」と仰天するんだよ。聞くと、オネエチャンを横に置いて何時間か飲んだだけで会計がウン十万なんて店はヨソの国にはないらしい。銀座みたいな街が文化として残っているのは、ニッポンだけなんだよ。

銀座は「秘密を守る街」だった

これは京都の祇園も同じだよ。

舞妓が「待遇が不当だ」「セクハラが酷い」と告発して問題になっていた。これまで成功者の遊びの象徴だった〝夜の街〟は、社会の常識に照らすと時代遅れになっちまった。世界の常識に追いつこうと「ハラスメント」や「ジェンダー平等」の意識は表層的には高まってきたと思うけど、ニッポン人は所詮〝頭の中だけ〟なんだよ。

表じゃ偉そうなことを言っているヤツに限って怪しいんだよな。そういうヤツラこそウラじゃ銀座のクラブで、相も変わらず「セクハラ」なんて気にせず騒いでたりするからね。香川も朝の番組でＭＣをやっていたしさ。

香川の遊び方は品がないし、粋じゃない。オイラはそれを擁護するつもりはさらさらないけど、この騒動を機に「もう銀座には行かない」と決めた男は多かったんじゃないか。

芸能人や一流企業のお偉いさんが高いカネを払ってまで通ったのは、銀座が「客の秘密は絶対に守る街」だったからだ。

どれだけ乱痴気騒ぎを起こしても「ママ」が何とかしてくれたし、そもそも大騒ぎしてホステスとトラブルになるような客は上手にいなしていたからね。世間に面が割れているような上客なら、なおのこと注意を払っていたはずだよ。

だけど、それがホステスのほうから外部にバレて「芸能生命」オシマイとなりかけた。これじゃ誰も銀座には寄りつかなくなるのも無理はない。ニッポンは今、あらゆるところで過渡期を迎えている気がするよ。

コロナ禍になって以降、「リモートワーク」はどこの会社でも当たり前になってきた。昔みたいに「商談を銀座で」なんて言い訳は通用しなくなったし、銀座も時代に合った生き残りの方法を真剣に考えないと潰れちまうぜっての。

フジテレビの早期退職に申し込みが殺到、きっと「優秀なヤツ」ほど喜んで辞めたはずだ。

「自主規制」という足枷

そういえば、フジテレビが「早期退職」を募集して、そこにバラエティの名物プロデューサーやら実力派のアナウンサーが殺到したんだってね。退職金やら結構良い条件だったみたいで、局内では「優秀な人から辞めていく」と言われてたみたいでさ。

まァ、「そりゃそうだろ」って感じだよ。

もう地上波じゃいくら面白いネタを考えても「やりたいことができない」フラストレーションが溜まっちまう。オイラが20年くらい前までバリバリやってた「お色気」や「タブー」に斬り込むネタみたいなものも、「コンプライアンス」やら「自主規制」の名の下に、みんななくなった。

勢いのあった時代のフジテレビを知っている社員で、そこそこ腕に覚えがあれば、「退職金を多めにもらって別のとこでやろう」となるだろう。もう「一生、この会社に尽くそう」なんて考えは廃れてきているからね。


メディアを取り巻く環境はもちろん、若者たちの意識も変わった感じがする。

昔は就職活動で「何が何でもマスコミ」とかスポーツに関わるなら「絶対にテレビか新聞社」なんて学生がワンサカいた。だけど、今やネットでもっと突っ込んだ仕事ができるようになったからね。そんな影響もあってなのか、テレビ局の「男性アナウンサー」もジャンジャン辞めてるんだって?

アナウンサーもわざわざ特定の局に所属しなくてもいいってことなんだろう。「話術」さえあればイベントの司会でもネット番組の中継でもやることは変わらない。どんな職業でも、結局は実力があるヤツはどこでも生きていけるはずだ。お笑い芸人もテレビに出ながらユーチューブに精を出すようになった。だけど、これは気をつけないと危ないぜ。

ある意味アマチュアだらけの世界に、知名度がある〝プロ〟が入るんだから、そりゃ視聴者もすぐに増えるはずだ。結構な数のタレントが荒稼ぎしてるみたいだけど、今後はネットメディアのコンテンツも淘汰されていくだろう。

いまは〝二刀流〟でやれてるかもしれないけど、プロの世界はそんなに甘くない。オイラもたまにユーチューブを観ることがあるけど、昔、『元気が出るテレビ!!』でやれなかったヤバいネタをやってる連中がいてさ。結構面白くて何時間もぶっ通しで観ちゃったよ。

こういう「テレビに出ること」を目指さないタレントが増えてきたら、テレビが主戦場のヤツじゃ敵わないよ。将来的には「ネット」か「ライブ」という二極化がより進んでいくだろう。

早送りの「ファスト映画」が流行ってるらしい。何でも「安くて早い」を選んでいたらもったいないぜ。

「作り手」のほうが問題

最近、映画を「早送り」で観る若者が増えてるんだって？

それどころか映画の起承転結の要所だけをつまんでつなげて、10分や15分にまとめた「ファスト映画」というのを配信する違法業者が増えているらしい。

この原因はやっぱり「ネット配信」の台頭だろう。あらゆるサイトで膨大な量の映画が観られるようになったことで、1本の映画をじっくり観るより「早送りしてさっさと結末を知りたい」というニーズが増えてきた。あとはコロナ禍で「映画を観に行く」ことができなかったのも影響しているようだね。

映画は特別な娯楽から手軽に消費できるエンタメに変わっちまった。学者やメディアはファスト映画で満足する若者のことを「教養がない」「我慢ができない」と問題視してるみたいだけど、そんな大した話じゃない。

これは単に作品が面白くないことの言い訳だよ。

観客をたった2時間も楽しませられない「作り手」のほうがよっぽど問題だ。そもそも映画は、ある人物の人生やらを何十倍も早回しして、「たった2時間」にまとめたものだからね。それすら「観ていられない」というのは、単純に面白くないってことでしかない。

作品がジャンジャン増えてきたことで、作り手の力量がより試される時代になったってことだよ。若者を批判するヒマがあったら、もっと面白い映画を撮ればいい。腕に自信のあるヤツは「俺は15分で最高の映画にしてやる」なんて言い出すかもしれないぜ。

映画は「間」を楽しめ

ただ、オイラからすると「時間をムダに使う贅沢」を知らない若者を可哀想だと思ってしまう。良い作品を見て、思考を巡らせながら時間をゆっくりと浪費することは最高にリッチなことだからね。

今は情報が溢れすぎて、「早くて効率的」であることが美徳とされるようになった。でも、〝贅沢〟というのは効率とは対極のところにある。

映画で言えば「見どころ」は、大ドンデン返しや衝撃的なラストじゃない。もちろんそれも大事だけど、何気ないシーンの情景やセリフのないシーンの「間《ま》」が魅力なんだよ。それはファスト映画じゃきっと飛ばされている部分だろう。そこを楽しめなければ、その作品のあらすじをなぞったところでピンと来るはずがないぜっての。

これはアナログ時計とデジタル時計に置き換えてみるとわかりやすい。オイラは機械式の腕時計が好きで、なかなか高級なヤツも買ってきたけど、いくら値段が高くても完璧に〝ズレない〟ってことはありえない。

それでいいんだよ。正確な「1秒」を追い求めたらデジタルに敵うはずがないし、オイラは「正確な1秒」を買いたいワケじゃない。少しでもズレないように追い求める心意気や、装飾を施す職人の技術に対してカネを払ってるんだからさ。

これは食事にも同じことが言える。「ファストフード」なんて言葉が定着して、ハンバーガー屋とか牛丼屋がジャンジャンできたことで、「安くて早い」ことが美徳だと考える人が増えた。

だけど、メシに時間をかけて高いコース料理を楽しむっていうのは、その場で一緒にいる人との「会話」を楽しむということでもある。まァ、そういう人とのコミュニケーション自体を煩わしく思うのかもしれないけどね。

とにかく最近はあらゆることが簡素化されちまってるよね。人間としての懐の深さや個性は表面的なことしか経験していないといつまでも成長しない。このままだとみんな似たようなヤツになっちまうぜっての。

ＴＫＯ木本の「巨額投資トラブル」には驚いた。「芸人」も随分と〝賢く〟なったもんだな。

昔は誘ってもらえなかった

芸能界では、ＴＫＯの木本（武宏）が芸人仲間や後輩を投資に誘って何億円も集めていたのに、運用を任せていたヤツにダマされて大損しちまったって騒ぎがあった。

オイラもＴＫＯとは何度も共演したことがあるんだけどさ。今回の件で事務所を辞めたらしいけど、最近じゃ同じくやらかした相方と一緒にユーチューブをやったり、投資の失敗について講演会をしたりとまた活動を再開したみたいだね。まァ、一度やらかして懲りただろうから、これからは周りに感謝してマジメにやるんじゃないか。

この時の騒動を、世間じゃ「門外漢の芸人が儲け話にダマされた」なんて言われているようだけど、オイラはむしろ芸人がカネの匂いのする話に誘われる時代になったんだと驚いたよ。

昔は芸人にすり寄ってくるようなのは大抵、「カネを貸してほしい」ってヤツばっかりだったからね。投資や不動産みたいな〝ラクして儲ける〟話には乗りたくても誘ってもらえなかったんだよ。

それもそのはずで、当時の芸人は世間知らずだったからね。オイラも漫才ブームの頃は毎日のように飲み歩いて、〝宵越しのゼニは持たない〟なんて生活を地でいってた。翌年ごっそり税金で持っていかれるなんてまるで知らなくてさ。オイラも明細を見た時は仰天してズッコケるかと思ったよ。

カネがないから銀行で借りようにも、担当者に「ダメです。漫才ブームはすぐ終わりますから」なんて言われちまった。腹が立ったけど、本当にすぐ終わっちゃったからね（笑）。銀行員のほうが芸人よりよっぽどシビアに先が見えていたというオチでさ。

そんなんだから、芸人は賢い稼ぎ方をするようなヤツラからは相手にされてなかったのに、時代は変わったね。というより、芸人を職業として選ぶヤツの「性格」や「人間性」が変わってきたんだろう。

オイラは別に芸人になりたかったワケじゃなくて、それしかやることがなくて流れ着いた先にあったという感じだった。それが最近は「弟子制度」がなくなって、芸人になろうってヤツは高い授業料を払って芸能事務所が主宰する「お笑い養成学校」に行く時代だ。芸を学ぶって感覚はどうも胡散臭く思っちまうんだけど、全国から〝学生〟が集まってきているみたいで、みんな真剣に講師の話を聴いてるらしい。

ある意味〝マジメなヤツ〟が増えたことで、投資みたいな世界に興味を持つようになったというのは皮肉な話だね。

M－1王者のウエストランドは、「毒舌」のレッテルに引っ張られないか心配だ。

「人を傷つけない笑い」の反動

ちょっと前の話になるけど、2022年の暮れの「M－1グランプリ」はなかなか面白かった。優勝したウエストランドはテレビでもちょくちょく見るようになったんで、いまだに「賞レース」はお笑いの世界では一定の力を持っているみたいだな。

ただ正直に言えば、この大会でどのコンビが一番面白かったかと聞かれると難しかった。何が面白いかなんて感覚は人それぞれだからね。ひとつ言えるとすれば、ウエストランドが会場にいる「客」を一番味方にできたってことだよ。

舞台の上で漫才をやっていると、ネタの面白さ以上に会場の雰囲気に共鳴して、何もかもうまく噛み合ってウケることがある。テレビで観る以上にその影響は大きい。きっと審査員も会場の熱気に当てられた部分があるはずだ。

気の毒なのは、優勝したウエストランドにメディアから「毒舌漫才」なんてレッテルを貼られたことでさ。最近は「人を傷つけない笑い」なんていうのがもてはやされている反動もあって、余計に目立っちまったんだろうね。

こういう風に勝手に「イメージ」を植え付けられるのは芸人にとって諸刃の剣なんだよ。

オイラもツービートをやっていた頃はヤバいネタをジャンジャンやっていたから、今も「毒舌漫才」の元祖みたいに言われている。だけど勘違いしてほしくないのは、オイラは自分では「毒舌」を言ってるつもりはなかったし、「悪口を言ってやろう」なんて逆算してネタを作ったこともない。

それでも周りから「毒舌漫才」と呼ばれて期待された。そのうち「そういうネタをやらなきゃいけないのか」と縛られていくのが、「つまんねェな」と思うこともあったんだ。

オイラのネタは「毒を吐く」というのが本質じゃなくて、要は童話の『裸の王様』と同じでさ。みんなが思っているけど口に出せないことを、子供は素直に言ってしまう――。その子供の役を代わりにやっただけなんだよ。

例えば結婚式の挨拶で、わざとらしく「美男美女のお二人が～」なんてミエミエのお世辞を言うオヤジが大嫌いだった。みんな心のなかでは「どこがだよ」と思っているけど口が裂けても言わない。そういうモヤモヤした話を好き勝手喋ってただけなんだよな。

その点、危なっかしいオイラを昔のテレビ局はよく自由にさせてくれてたよ。あの頃はスタッフにも胆力があって、「怒られたら謝ればいいですよ」って笑ってやらせてくれる心の余裕があったからね。

お笑いなんて、余裕がなきゃ面白くなるワケがない。

近頃は「相方の頭を叩いちゃダメ」だとかコンプライアンスが厳しすぎるよ。ちょっと余計なことを言うと難癖つけてくるヤツがいるし、テレビ局も真剣に謝っちまう。芸人にとっちゃ商売あがったりだよ。

そもそもニッポンの文化は、少なからず「規制」が衰退させてきた側面がある。思い返すと、随分昔からその流れは始まっていて、オイラも映画『座頭市』（03年）がR指定にされちまったのには憮然とした。たしか、血が飛び散ったりするのが暴力的だとか言われたんだよな。世界じゃ絶賛されたのに、お膝元であるはずのニッポンでは観られる人が制限された。やっぱり今考えても納得いかない話だよ。

ウエストランドはこれから「毒舌を言わなきゃいけない」という考え方に陥らないでほしい。時代的にオイラたちのようなムチャはできないだろうしさ。周りの目は気にせず、自分たちが面白いと思えば、大胆にネタの方向性を変えたっていいんだよ。

オイラに「紅白司会」を任せてみろ

コンプライアンスと同じく番組をつまらなくさせているのが「マンネリ化」だ。

オイラは大晦日に「紅白」を最初だけ観るんだけど、知ってる歌手がまったく出てこないからすぐにチャンネルを変えちゃう（笑）。ＮＨＫは若者にウケる番組にしたいってことでイマドキの歌手をワンサカ集めたのかもしれないけど、オイラたちの世代には何がなんだかサッパリだったよ。

これもさっきの裸の王様の話と同じで、「年末は紅白」って習慣化しているだけで、ホントはみんなつまらないと思ってるんじゃないか。

お笑いだってM－1みたいな「漫才」に「コント」や「落語」、「ピン芸人」「モノマネ」と細分化してそれぞれに大会があるのに、紅白だけ「老若男女が楽しめる歌番組」にしようってのは無理がある。流行りの歌も演歌も両方好きなヤツなんていやしないだろう。

男女で白組と紅組に分けるって発想も時代遅れだ。

昔は美川憲一、美輪明宏くらいだったけど、今は氷川きよしを筆頭に、性別の垣根を越えるような歌手がジャンジャン出てきている。ジャニーズの問題もあった今、前時代的なスキームは抜本的に見直すタイミングに来ているだろう。

いっそオイラに司会を任せてみるのはどうだ？（笑）

意外かもしれないけど、実は昔から「紅白の司会」をオイラにやらせてみたら面白いぜってよく言ってきたんだ。あの予定調和な感じを土台からぶっ壊してみたくてさ。

いきなり挨拶で「今回は１４００回目の紅白で～」と大嘘を言ったり、演奏後に「つまらなかったですね」「口パクがバレちゃいましたね」と忖度ナシで言っちまう。で、番組の途中につまみ出されて降板というオチなんだよ。

前代未聞の大盛り上がり間違いナシだと思うんだけど、NHKにはどうやらオイラの魂胆がバレちゃってるのかいつまで経ってもオファーがない。

オイラにお呼びがかからないもんだから、(笑福亭)鶴瓶が司会をやった時に、「ナマ放送でポコチンを出せ、歴史に名を残せるぞ」ってアドバイスしてやったんだけど、「兄さん勘弁してください、NHKですよ」って言われちまったよ。

オイラの時代から一周回って毒舌漫才が今の時代にハマったのは、視聴者もマジメでマンネリな番組ばかりの世の中に嫌気が差しているってことだ。すでにテレビってメディア自体が〝裸の王様〟になっちまってるかもしれない。そのことがわかっていないと、あっという間にネットの世界に呑まれちまうぜっての。

春日に足りなかった「シャレ」

そんな時代に笑っちまったのが、オードリー・春日(俊彰)が動物園のペンギンの池に落ちて大目玉を食らったって話だよ。

コンプライアンスが厳しくなったというのに、そんなことをやったら世間からどう見られるかという考えが働かない時点でセンスがない。

だけど、オイラがおかしかったのは何よりギャグが古すぎるってことだ。「池に落ちる」ことが笑いになったのは、オイラが30年以上前にやっていたような時代の話だよ。

昔のテレビはムチャクチャだったから、「田中角栄の錦鯉のいる池に誰か落とそう」なんて企画を提案したこともあった。稲川淳二なんて、今でこそ「怪談」で売れたけど、若い頃はマムシが4000匹いるプールに落とされてたぜ。やっとのことでプールから這い上がってきたと思ったら、洋服のなかからマムシが3匹ポトポト落ちてきた（笑）。今、あんな企画やったら大変なことになるだろうな。

今回の件は動物園側もシャレが利いてなかったから怒ったに違いないよ。芸事に予定調和はないんで、ＡＩに新しいネタを考えてもらうワケにはいかないからね。春日も、ＡＩが驚くような新ネタでまた笑わせてほしいぜっての。

近い将来、ハリウッド映画の俳優もほとんど「AI」になっちまうかもしれないぜ。

エキストラがいらなくなる？

世界に目を向けると、映画業界は大変な状況を迎えている。

全米映画俳優組合が大々的なストライキをやって、映画製作やら完成披露の挨拶なんかが一時ストップする事態に発展してしまった。この動きには有名なハリウッドスターも参加していて、トム・クルーズの来日が急遽中止になっちまったらしい。

ただ、実際にはこのストライキは映画業界に訪れた〝二極化〟が原因なんだよな。映画が劇場の興行からネット配信にものスゴい勢いで移行し始めているなかで、割を食うのは

1回で大したギャラももらえず、色んなところで配信されても分け前がもらえない「エキストラ」とか「脇役」を演じている人たちだ。それで、「ネット配信で儲かっているなら、分け前を役者にも渡すべきだ」ということを主張しているという話でさ。

実際のところ名前と顔で客が呼べるような主演級の役者は、ガッポリギャラを受け取ってるからゼンゼン困ってないはずだ。むしろ、海外のスポーツ選手と同じく、年々ギャラが高騰しているみたいだよ。とはいえ、映画の世界を支えてくれるスタッフやほかの役者の手前、ストに参加しなきゃマズいということなんだろう。

あとは「AIに仕事を奪われる」って話も大きな議題になっているね。

映画じゃ背景の雑踏で色んな人が動く画を「ガヤ」と呼ぶんだけどさ。最近はそのガヤでエキストラの代わりに、動きを覚えさせたAIをコンピューターグラフィックではめ込むことがある。データを1回取ってしまえば、それを加工して使いまわすことで新たにエキストラを雇う必要はなくなっちまうということだ。

これが進めば、主役級以外はどんどんAIに仕事を奪われるだろう。悲しいかな、これは社会や経済の成り立ちと似ていて、雇う側は得をして一番〝川下〟のところから切り捨てられちまうというね。

映画業界は「コンビニ化」

そんななかで、宮﨑駿監督の最新作『君たちはどう生きるか』が一切「宣伝しない」映画として話題を集めた。いや～勇気があるよ。まァ、宮﨑さんはマジメだし、特に今回はジブリにしては大人向けで子供にはなかなか難しい世界観だとかって話もあるからね。きっと「わかる人にわかればいい」って感じで割り切ったんじゃない？　それでも安定して観客が入ってるんだから、やっぱりその人気はスゴいよ。

最近は昔みたいに、国民みんなが観るような、わかりやすい〝万人ウケ〟の映画はとんと減った。ネットで何でも観られる環境が整った影響もあるんだろうけど、ジャンルがどんどん枝分かれしてマニアックになってきた気がする。

言ってみれば、最近は映画業界も「コンビニ化」してきたということだ。コンビニにはおにぎりもあればサンドイッチもあるし、日用品だって売ってる。

そんな感じで、作り手のほうも、先に「こんな人に観てほしい」って客層を決め込んで、脚本もキャストも予算の規模感も当て込んでいく。そうなりゃある程度の興行は堅く見込めるけど、その代わり国民的大ヒットなんて夢のまた夢だ。近頃大ヒットするのは、家族で観に行けるようなアニメ映画くらいのもんだからね。

随分とつまらない世の中になっちまったよな。そう考えると、オイラが撮った『首』はありがたいことに主演級の俳優陣がワンサカ参加してくれたし、セットも日本映画にしちゃ豪華だ。こんなご時世で、やりたいように撮れたことには感謝しなきゃいけないな。

第4章

さらば、愛しき人たちへ

初号で聴いた「戦メリ」のサウンドは衝撃だった。令和のニッポンじゃ〝第二の坂本龍一〟は生まれない。

YMOには「品」と「教養」があった

コロナ禍に入ってすぐの2020年、志村けんちゃんがコロナで亡くなったのはこたえた。あれから3年――、最近はテレビをつけると、同年代の大事な仲間の訃報ばかりが流れてくるんで寂しいばかりだよ。

23年には、坂本龍一さんが逝ってしまった。

同じく坂本の仲間だったYMOの高橋幸宏も亡くなって、音楽の世界ではひとつの時代が終わったと言えるだろう。二人ともまだ70歳くらいで、オイラより少し若いくらいだった。その世代のアーティストで、あれほど世間を驚かせたグループはほかにはない。音楽だけじゃなくて、どこかほかのミュージシャンとは纏《まと》う雰囲気が違ったんだよな。

龍一さんは東京藝大を出て「教授」なんて言われていたし、細野晴臣のジイサンは官僚で日本人で唯一のタイタニック号の生き残りなんだっけ？（笑）。まァ、とにかくいいとこの子なんだよ。高橋も洒落ていて、「テクノカット」なんて呼ばれた外国風の髪型や独自のファッションを流行らせた。アウトローな気配のするロックミュージシャンが多かったなかで、「品」や「教養」を感じさせるグループだった。

最後に龍一さんに会ったのは、東京五輪が開催される数年前だった。たしか『アウトレイジ 最終章』が何かの映画祭で賞をもらって、その式典に出た時に龍一さんもいたんだよな。そこで「お〜龍一ちゃん」なんて久しぶりに話をしたんだよ。

まだコロナもなかった頃で、開催が控えていた東京五輪の開会式の話題になってさ。てっきり龍一さんのところには開会式の「音楽担当」のオファーが来てるもんだと思って聞いてみたら、「いやいや何も来てませんよ」って言うんだよ。

オイラも周りから「開会式の演出を任されるんじゃないか」なんて言われたりしてたけ

ど、実際はまったくお声がかからなかった。「なんでオレたちに声かけないんだ」「結局、御しやすいヤツがいいんじゃねェの」なんて笑ってたんだけどさ。

結局、別のヤツに音楽を任せたらソイツが過去の騒動で交代になっちゃっただろ？　タラレバだけど、「オイラと坂本龍一で開会式」なんて展開になっていたら、きっと世界も驚くような面白いもんができた気がするんで残念だよ。

ニッポンは万事こんな感じだから、龍一さんはニューヨークに行っちゃったんだろうね。どんな業界でも既得権益を守ろうとするヤツラがいて、才能がある人を邪魔しようとする。そういうしがらみばかりの国を見限ったんだろう。

アカデミー賞を獲ったのも海外映画の『ラストエンペラー』だしさ。そういうダサいところを変えないと、〝第二の坂本龍一〟はずっと現われないぜっての。

「フィルムを焼いて、逃げよう」

まァ、そんなオイラと龍一さんの思い出といえば、やっぱり「戦メリ」のことになるんだけどさ。

二人とも演技は素人同然だったんで、オイラの演技も酷いけど、あっちの演技も酷かった。だから撮影中は二人して「フィルムを盗んで、焼いて逃げよう」なんてバカ話をしたこともあったんだ（笑）。

だけど、演技は置いといて龍一さんが作ったテーマ曲は素晴らしかった。「戦メリ」の撮影中は、演技のほうがあったからかまだ曲はできていなかったんだよ。だからオイラも撮影中はどんな音楽を作ってるのか知らなくてさ。

関わったスタッフだけが観る「初号」って試写会で初めてあの「タタタタタ〜ン」って音楽を聴いた時、「これはスゴいな」と衝撃を受けた。

それまでYMOは「テクノ音楽」で流行していて、オイラにはそれがどのくらいスゴいのか、言ってみれば「才能がある人なのか」を少し疑っているところがあった。でも、あの音楽にはシビレたね。今でもふっと思い出して聴きたくなる時があるんだよ。

「戦メリ」って映画は、大島さんが自分の人生をすべて懸けたような作品だった。演技経験が浅かったオイラや龍一さんに、海外からデヴィッド・ボウイまで連れてきちゃったんだからね。あんなムチャな人はほかにいないよ。

で、ロケ地のラロトンガ島（クック諸島）でもその狂気じみたところがジャンジャン出てきて大変だったよ。

大島さんはとにかく「怒鳴る」ことで有名な人でさ。実際、めちゃくちゃ怒鳴りまくってたんだけど、実はオイラと龍一さんは一度も怒られてないいんだよ。

というのも、ズブの素人のオイラたちは怒鳴られるに決まってるからさ。オファーを受ける段階で「オイラと坂本龍一に怒鳴ったら帰ります」と約束してたんだよ。

だから大島さんはオイラたちがいくらヘタクソでNGを連発しても怒れない。だけど、ずっとイライラしていて龍一さんの相手役をやってた俳優に、「お前の演技がダメだから坂本君の演技が上手くいかないんだ」って当たり散らしてた（笑）。

でもそんなオイラたちの演技も、撮影の最後のほうになるとちょっとはマシになってきてさ。オイラの顔がどアップになる「ローレンス、メリークリスマス、メリークリスマス、ミスターローレンス」ってラストシーンは本当に、最後の最後に撮ったんだよ。自分で観るのは恥ずかしいけど、色んな人から感動したって言われたあのシーンだけはまァまァ良かったのかな。

同じように龍一さんがデヴィッド・ボウイに抱きつく有名なシーンがあるだろ。あのシーンは画面がストップモーションみたいに揺れるんだけど、実はカメラの故障で偶然フィルムが引っかかったことから生まれたシーンなんだよね。

後世に語り継がれるような「いい映画」ってのは、そういう奇跡みたいなことに恵まれることもあるんだろうな。もう随分昔のことだけど、今でも懐かしく思い出すよ。だけど、現実は大島渚もデヴィッド・ボウイも坂本龍一もみんな亡くなっちまった。これで、生き残ったのはオイラだけになっちゃったよ。

崔洋一さんの撮影現場のピリピリした「緊張感」が、今の映画界には欠けている。

「NG連発」で冷や汗

映画の世界ではもうひとり、オイラと同世代の友人・映画監督の崔洋一さんも逝っちまった。崔さんとは（内田）裕也さん主演の『十階のモスキート』で初めて一緒になって、そのあとオイラが主演で『血と骨』を撮ってさ。崔さんの師匠だった大島渚監督の映画で俳優として共演したこともあったんだよな。

崔さんも大島さんと同じで、とにかく現場で「怖い」「怒鳴り散らす」というので有名な人だった（笑）。若い頃から大島監督みたいな昔ながらの〝怖い監督〟のもとで修業をしていたから、それが〝普通〟だったんだろうね。助監督の頃なんか、そりゃもうコッテリ絞られて大変な目に遭ってたはずだよ。で、そんな先輩の背中を見て育ったんで、もれなく役者への厳しい指導も受け継いだというさ。

『血と骨』を撮る時、ありがたいことに崔さんが「たけしさんに主演してほしい」とわざわざオイラのところまで頼みに来てくれたんだ。

だけど、オイラも崔さんの現場のピリピリした空気は『十階のモスキート』の時にイヤと言うほど見ていたんで、「怒られるのはイヤだから」と断わったんだよ。

そしたら崔さんは、「今回は絶対に怒鳴りません」「約束しますから」と言うワケだよ。半信半疑だったけど、そうまで言われちゃ断われないんで、「まァ、それなら」と出ることになってさ。

いざ撮影が始まってみると、たしかにNGを出しても怒られない。だけど、ずっと下を向いて何かを堪えているような苦しそうな表情だった（笑）。オイラとの約束を守るために、ホントはジャンジャン文句を言いたかっただろうに必死で我慢してたんだよな。

スタッフから懇願された

ある時、オイラが同じシーンでNGを連発しちゃったことがあってさ。「さすがにこれは怒られる」と思ったんだけど、その時でさえ怒鳴らない。「これは本当に崔さんも丸くなったもんだ」と驚いちゃったんだよ。

でも、やっぱり崔さんは変わってなかった。

そのシーンは日活の撮影所で撮っていたんだけど、やっとOKが出たんでトイレに行こうとしたら随分遠くなんだよ。仕方なく歩いて向かっていたら、「たけしのバカヤロー!」って地鳴りみたいな怒鳴り声が聞こえてきた。一体何ごとかと思ってトイレに入ったら、そこに崔さんがいるワケだ(笑)。

オイラに聞こえないように遠く離れたトイレで、便器に向かって怒りを吐き出していたというオチでさ。知らなかったんだけど、現場じゃオイラだけが〝特別待遇〟だったみたい。メイクさんが「たけしさん、撮影がない日も現場にいらしてくださいよ」なんてため息交じりに言うんだよ。「どうしたの?」と聞いたら、「崔監督、たけしさんがいない日は最初から最後まで怒鳴り続けているんですよ」だって（笑）。で、「今日はたけしさんがいるから安心です」なんて言われちゃってさ。

その辺、『戦メリ』の時の大島監督とまるっきり一緒だよな。

とにかく崔さんは妥協を許さない人で、すべてのシーンに対して本気だった。すぐ怒鳴るし、スタッフもピリピリしてたけど、やっぱりそういう緊張感が映像にもちゃんと出ていた。

悲しいけど、もうそんな監督はニッポンにいないだろう。怒鳴り散らすどころか、役者を持ち上げてナァナァな関係になっちまう人ばっかりだからね。映像の良かった時代を知る人がまたひとり減ってしまって悲しいよ。まァ、映画を始めたのは遅いけど、古い時代を知っているという意味では最後に残ったのがオイラなのかもしれないな。

それでも、崔さんは苦労を乗り越えて監督になって、作品も多くの人に評価されたんだからきっと幸せな人生だったと思うぜっての。

アントニオ猪木さんとの一戦は、「話が違うじゃねェか」と内心焦ってた（笑）。

「たけしプロレス軍団」の大一番

芸能の世界だけじゃない。スポーツの世界でもまたひとり、オイラも仲良くさせてもらっていたアントニオ猪木さんが79歳でこの世を去った。

猪木さんは何年か前から闘病していたんだけど、代名詞の「闘魂」そのままに病状を包み隠さずさらけ出していた。オイラもたまにネットで観ていたけど、老いていく様子をガチンコで見せたのはさすがだよ。

あれほど大きかった猪木さんが痩せ細っていく姿は往年のファンにとっちゃ色々と思う

ところがあったと思うけど、意外と本人は気にしてなかったのかもしれない。

オイラもバイク事故の時に顔が歪んじまったけど、当時は大して気にしてなかったんだよ。ずっと鏡で見てると慣れてきちゃうもんでさ。会見にも出たし、「芸人としちゃ面白いか」くらいに思っていたけど、周囲の反応はスゴかったからね。でも改めて今見ると、あの時の顔は随分酷いもんだった（笑）。

猪木さんとは仲良くさせてもらってたけど、一番の思い出はやっぱり年末にやった「たけしプロレス軍団（TPG）」との試合だよ。

たしか猪木さんがオイラのマンションにやってきて、「プロレスをやらないか」と誘われたことで話が進んでさ。なんでそんな流れになったのかは覚えてないけど、FRIDAY事件の後だったからオイラは〝ヒール〟にピッタリだと思ったのかもね。

最初はオイラがプロレス団体を旗揚げして、覆面姿の猪木さんが助っ人として乱入するって話だったんだけど、すぐに「猪木は覆面をしてもアゴでバレる」ってボツになった（笑）。

それで、アメリカのレスラーだったビッグバン・ベイダーをオイラたちの〝刺客〟ってことにして猪木さんと長州力の試合に乱入することになってさ。

試合前の楽屋ではみんな和気藹々としてて、長州（力）なんか「たけしさん、サインください！」って言ってたんだよ。だけど、いざオイラたちがリングに上がったら、長州は「たけしこの野郎！」って態度が豹変して怖いのなんのって。

それが結構マジに見えてきて、オイラは内心「話が違うじゃねェか」と焦っちゃったよ（笑）。今じゃ考えられないけど、観客席からはヤジと一緒にパンパンに詰まったビールの缶が飛んでくるし、もうずっとヒヤヒヤもんだった。

あの頃はやることなすことムチャクチャだったけど、なんだかんだいってやっぱり面白かった。猪木さんが亡くなって、力道山と（ジャイアント）馬場さんと育てたプロレスの世界もひとつの大きな時代が終わるんだろうな。

最近はプロレスの会場に女性ファンがワンサカ来てるんだって？　もうプロレスが八百長だなんて文句言うヤツもいないだろうし、海外みたいに〝ショー〟としての色が強くなるんだろうね。それはそれでいいんだろうけど、オイラはあのピリピリしたプロレス会場の雰囲気が好きだったね。

あの頃は、仕事も遊びもみんな命がけだった。水島新司先生との「草野球」の思い出は忘れないぜ。

「軍団VSボッツ」の激闘

WBCが大盛り上がりだったけど、この人にも侍ジャパンの勇姿を見せてあげたかった。亡くなった漫画家の水島新司先生ほどの野球フリークはそうそういないだろう。水島先生は毎年のように贔屓《ひいき》にしていたホークスやらのキャンプにまで足を運んでたからね。

先生が描いた『ドカベン』『あぶさん』『野球狂の詩』……なんて名作のことはいちいち言わなくてもみんなよく知ってるだろうけど、オイラは「漫画家」としてより「草野球のライバル」としての付き合いのほうが長いんだよな。

80～90年代、オイラがたけし軍団でジャンジャン試合をやってる頃に最大のライバルだったのが水島先生率いる「ボッツ」だった。

あの頃は信じられないくらい忙しかったんだけど、「遊び」だって真剣でさ。仕事が終わったら朝まで飲んで、そのまま寝ないで神宮外苑の軟式球場でボッツと試合っていうのが毎日のルーティーンのような感じだった。

自分で言うのもなんだけど、あの頃の「たけし軍団」はなかなか強かった。テレビの企画でよくプロ野球チームとも試合をしたんだけど、巨人や阪神のチームにも勝ったくらいでさ。まァ、使うボールは軟式なんだけどね。軟式は球の中がスカスカになってるから、硬式とは打ち方も守り方も違う。プロにとっちゃ勝手が違うし、こっちは草野球に命を懸けてるから、そういうことも起きるというね。

そんなたけし軍団が、簡単に勝たせてもらえなかったチームがボッツだ。由来は「ボツ原稿」から、というけど、実力はボツなんてもんじゃない。

いわゆる〝漫画家のアシスタント〟みたいな文化系のヤツはほとんどいなくて、もう見るからに学生野球でブイブイ言わせてた連中が集まってるんだよ。

先生はピッチャーをやっていたんだけど、身のこなしは軽快だし球筋もイイ。球速こそ速くなかったけど、内角にストレート、外角にスライダーをコースにビシッと決めてきてさ。オイラは毎回ヤマを張ってたから打てたけど、初めて打席に立ったヤツはなかなか手が出なかったよ。

「山田の打率は7割だよ?」

驚いたのがたけし軍団とボッツの試合で面白いことが起きると、先生はそれを連載している漫画に描くんだよ。もう詳しくは覚えてないけど、たしか内野ゴロを一度グラブに入れて、それをポロッと落としちまうことで展開が変わる——なんて話だったと思うけどさ。とにかく四六時中野球のことを考えて、それを仕事に活かしてたんだよな。

それに水島先生は野球に対してめちゃくちゃピュアで真剣なんだ。昔、水島先生がピッチャーで、ヤクルトの若松(勉)さんと対戦する企画があってさ。先生が内角にストレート投げたらポーンッてスタンドまで運ばれちゃったんだよ。

こういう対戦の時は普通、始球式みたいにわざと空振りしたり、打ち損じたりすることが多いからね。オイラは珍しく真剣勝負してもらえて嬉しいだろうなって思ったんだよ。でも先生の顔を見たら、今にも泣き出しそうな顔しててさ。向こうは超一流選手なのにめちゃくちゃ悔しがってたよ（笑）。

ピュアといえばもうひとつ思い出がある。オイラが草野球の合間に先生に、「最近はイチローの打率がスゴいことになっていますね」って言ったら、「山田太郎のほうがスゴい。山田の打率は今、7割だよ？」って真顔で言われたんだよ。それがゼンゼン冗談言ってる感じじゃないんで、もう笑っちゃったよ。野球を愛して、愛されたいい人生だっただろうね。そんな水島先生の作品を見てりゃわかるけど、野球というスポーツは観る人を楽しませる「エンタメ性」が大事だ。ある種、プロレス的な盛り上がりやライバル関係あってのプロ野球だと思う。今思えば、大谷翔平とスター性で争えるのは山田太郎くらいのもんだからね。

野球の魅力の本質を、水島先生ほど教えてくれた人はいなかったぜってての。

「豊洲移転」に「東京五輪招致」と利権だらけ、政治家・石原慎太郎の「実績」はもっと検証されるべきだ。

本当に「暴れん坊」だったのか

89歳という年齢は、日本人男性の平均寿命からすりゃ長生きだし、弟の裕次郎さんはまだ「昭和」だった87年に52歳の若さで亡くなっているんだから「天寿を全うした」と言えるのかもしれない。

それでも石原慎太郎さんが亡くなったと聞いた時、「まだ元気そうだったのに」とビックリしちまったのは、やっぱりパワフルな人だったからだろうな。知らなかったけど「膵臓がん」を患っていて、最後の2年くらいは大変だったそうだよ。

オイラと同世代で「石原兄弟」の〝洗礼〟を受けなかったヤツはいない。
裕次郎さんは誰もが憧れる大スターで、デビュー作だった映画『太陽の季節』、初主演の『狂った果実』の原作者が慎太郎さんだからね。当時の若者のリーダー的な存在だった。で、勢いそのままに、慎太郎さんは政治家に転身してさ。ソニーの盛田昭夫会長と一緒に『「NO《ノー》」と言える日本』を出版したり、田中角栄首相の「日中国交正常化」に反発して「青嵐会」って派閥横断組織を結成したりと保守勢力の筆頭として名を馳せた。
思い返してみると、オイラも色々なところで意見をぶつけたもんだよ。オイラが連載をしている『週刊ポスト』でも99年（9月10日号）にこんな対談をしていた。
20年後の日本について話した時、オイラが、
〈日本という国自体は名前として残るけれども、ほとんどの国民は末端の労働者にさせられているような気がしてしようがない〉と言えば、慎太郎さんは〈水準の高い労働国家になっているかもしれないね、他国から完全に収奪されて〉
と返したり、慎太郎さんが、〈何で日本人ってアメリカをかくも信じているんだろう〉
と言い出したら、オイラは〈アメリカのやり方はよくある詐欺商法と同じでさ〉

なんて感じでやったんだ。たしかに当時の勢いはスゴくて、なんにでも噛みつく凶暴な「肉食獣」のイメージだった。とはいえ、改めて振り返ってみると「本当に暴れん坊だったのか」って疑問が残るんだよ。

もしかしたら慎太郎さんは、肉食獣は肉食獣でも「動物園の檻の中にいる肉食獣」だったんじゃないだろうか。

アメリカ相手に「何の努力もせずに文句だけつけて来る」、中国相手に「民度が低い」と威勢のいいことを言い続けてきた。だけど、実際に政治家として何をやったかと言えば、その辺を本気で怒らせたり、敵に回すようなことはなかった気がするんだよな。

『「NO」と言える日本』を出してから5～6年でいきなり国会議員を辞めちゃったし、そもそも慎太郎さんは裕福なサラリーマンの家の生まれだからね。ヨットを楽しんでいたようなお坊ちゃまだったから、実際にはパフォーマンスだったような気もする。

慎太郎さんが世の中に出てきた頃は、知識人といえば「リベラル」が当たり前の時代だった。この人の主義主張は当時のそうした〝主流派〟に対するカウンターパンチだったんじゃねェかな。「世の中を変えよう」という気持ちはあったにせよ、そこまで実行力が伴っていたかといえばオイラはそうでもなかった気がしちゃうんだよな。

「石原軍団」の終焉

特に東京都知事になってからはそんなイメージがより強まった。「尖閣諸島を都で買う」と言い出して、スゴい寄付金が集まったりもしたけど、あとは築地市場の豊洲移転だの、東京五輪招致だのに関する「利権」の匂いがプンプンしていたからね。

新党立ち上げのために都知事を降りた時も、子飼いにしていた猪瀬（直樹）みたいなのに禅譲して、なんだか小せぇなって感じがしたよ。

オイラも本人と何度も会って色々なことを語り合ったからこそ、慎太郎さんにはもっと「有言実行」であってほしかったというのが本音だね。口で言うだけじゃなくて、アメリカやらを本気でビビらせるような行動をもっと取ってほしかったんだよ。

オイラがこんなことを言うと、「死人に鞭打つようなことを言うな」って話になるかもしれない。実際、亡くなったあとのテレビや新聞を見たって慎太郎さんの功績を称える報道ばかりだったからさ。

それは一種の美徳ではあるけれど、こと政治家に関しちゃ「それでいいのか」って気がするんだよな。死に際してはキチンと批判や検証をしなきゃ、本当の意味で評価して、次の世代に反省を伝えていくことにはならないだろう。それに慎太郎さんは「ざまあみろと言われて死にたい」と発言するくらい度量のある人だったから、きっとオイラの発言も「それが正しい」と許してくれると思うぜ。

それにしても慎太郎さんも渡哲也さんも亡くなって、息子の伸晃は選挙で落選した。一世を風靡した「石原軍団」の歴史が終わろうとしているのは、いまの停滞するテレビ業界にとっても示唆的なことだよ。

結局、「石原軍団」のスター性というのは、華やかな昭和のテレビが作り上げたものだということだね。「石原軍団」の終わりは、テレビの時代が終わりを告げていることと無関係じゃない。

テレビじゃ言えなかった「ツービート」ホントの由来を明かすよ。

「名付け親」なんていない

漫談家の松鶴家千とせさんが亡くなった時は驚いた。新聞を見たら、どこを見ても「ツービートの名付け親」みたいに紹介されてたからね。

当時はちゃんと説明する時間がなくてさ。誤解されたままかもしれないけど、コンビ名はオイラが自分でつけたんだよ。ネットフリックスの『浅草キッド』が流行ったからか、今になってオイラの若い頃の修業時代やツービートのことを色々と聞かれることが増えたんだよな。興味を持ってくれるのはありがたいけど、意外と間違ったことを言う人が多いのには困っちゃうよ。

今回はその辺りのことをキチンと話しておこうか。みんなが知っての通り、オイラは浅草の「フランス座」で深見千三郎師匠についてこの世界に入ったんだ。最初はエレベーターのボーイから始まったんだけど、タップやら何やらみっちり芸を叩き込まれてね。

やりがいも愛着もあったけど、テレビにも出られなきゃ、食っていくことすらままならない。だから、（ビート）きよしさんの誘いに乗って、フランス座を飛びだした。だけど、いざ漫才をやろうとなった時に、当時の浅草の演芸場はどっかの一門の「屋号」がなきゃ舞台に上がれない。それで松鶴家さんの〝弟子〟ってことにしてもらったんだけどさ。

まァ、「名義貸し」って感じだよ（笑）。だけどオイラが世話になったのは、千とせさんじゃなくて、千とせさんの師匠の松鶴家千代若さんと千代菊さん夫妻なんだけどね。それでちょっとの間、「松鶴家二郎次郎」なんて名前で舞台に上がってたんだよ。

でも長続きしなくて、今度はきよしさんがコロムビア・ライトさんに近かった縁で「空たかし・きよし」って名前になった時期もあった。

その後、ツービートって名前に変えたんだけど、すぐにはウケなくてフランス座に戻ったんだよ。その時は別の相方と「リズムフレンド」ってコンビを組んでやってた。まァ、色々あって結局またツービートを再開するんだけどね。

そこからはオイラがネタを書くようになって、漫才のテンポを上げたらウケ始めてさ。あとは「漫才ブーム」で一気に売れて今に至るというね。

話は戻るけど、最初に話した通り「ツービート」ってコンビ名はオイラが決めたんだよ。ネットフリックスでもそういうシーンがあったけど、由来のひとつが「ツービート」「フォービート」「エイトビート」みたいな音楽のリズムにあやかったってのは間違いじゃない。だけどそれだけじゃないぜ。「beat」って英単語には、相手を「打ち負かす」って意味もあるんだよ。あとは「ビート族」だね。第2次大戦後のアメリカで、のちのヒッピーの原型になったような自由を訴える集団でさ。そういう色々な言葉の意味もひっくるめていい響きだなと思ったんだよ。

よく野菜の「甜菜《てんさい》（beet）＝天才」って意味もあるんじゃないかって言われるけど、それはあんまり頭になかったね。これは誰かがあとから言い出したんじゃないかな。ツービートの名前の由来なんて今さらどうでもいいけど、もう間違えないでくれよな（笑）。

上岡龍太郎さんの「引き際」はスマートだけど、オイラが考える芸人の「引退」とは正反対だ。

「サロン」に憧れていた

訃報を聞いて久しぶりに思い出したのが、上岡龍太郎さんだ。上岡さんは基本的にはお笑いの人なんだけど、プロデューサーというか番組のアイディアや企画を動かす視点を持った人だった。朝日放送の『探偵！ナイトスクープ』も上岡さんの論理的な受け答えとか、ジャンジャン突っ込んでいく話術を活かした番組だったよな。

オイラも可愛がってもらってさ。上岡さんは（立川）談志さんと仲が良かったんで、東京に来た時は銀座のクラブへ呼び出されて飲んでたんだよ。

上岡さんは芸人らしからぬ「知性」を感じさせる人でさ。飲む時もドンチャン酒を食らうって感じじゃないんだよ。むしろフランスの「サロン」みたいな雰囲気に憧れてたんじゃないかな。評論家の西部邁さんなんかも呼ばれていて、政治とか哲学とか芸能の域をはるかに超えたかなり深いところの話をしてたんだよ。

ただ、やっぱり芸についてはライバル意識もあったのかな。オイラのことは認めてくれていたけど、「笑わせるだけが芸じゃないぞ」みたいに説教されたこともあった。

オイラも上岡さんは頭のキレる人だとは思っていたけど、「漫画トリオ」のネタで大笑いしたことはなかった。尊敬する気持ちと、芸人としてはオイラのほうが「勝ってるだろ」って気持ちが正直半々くらいだったね（笑）。

上岡さんはとにかく「東京」が嫌いで、強烈な反骨心を持っていた。いいとこの子だったからか「東京はスマート、大阪は泥臭い」みたいなイメージを持たれることを特に嫌ってたよ。あの人は「関西が首都」「江戸は田舎」みたいな考えだったんじゃねェかな（笑）。

その辺の考え方は「引き際の美学」にも表われていた気がするね。

人気絶頂だった58歳で引退して、あとは好きなゴルフをやって悠々自適に過ごしててさ。

多分、遊んで暮らせるカネの計算もしっかりできてたんだろうからね。未練がましくなく、スパッとやめる見切りのつけ方はスマートだった。

その辺はちょっと考え方が違うところでさ。オイラは芸人の引き際は自分が決めるもんじゃないと考えている。それは客が決めることで、芸がウケなくて「客前に立つ」ことができなくなった瞬間に、否応なく引退させられちまう。逆に言えば、少しでも客に求められているうちはやり続けたいと思うのが芸人という生き物のサガなんじゃないかな。

上岡さんは「21世紀は新しい道を歩みたい」と言って引退していたし、舞台に立つことにこだわらなかった。戻るにしても、裏方として手伝おうと思ってたんじゃねェかな。

ただ、引退後も関西での存在感はスゴかったみたいだよ。向こうのタレントが何かトラブルを起こすと「とりあえず上岡さんに相談しよう」となるらしいんだ。

きっと大阪の芸人全体の「教養」の部分を担っていたんだろうな。ご意見番として考え方の柱になっていて、上岡さんが納得したら〝許可証〟をもらえたような感じになる。

オイラとはちょっと違ったタイプだけど、ああいう知性のある論理的な芸人ってのは少なかった。最後にまた上岡さんが考えた番組が観てみたかったね。

オイラは本当に寂しいよ。上島竜兵とはたくさんの思い出があった。

芸人は「つらい職業」

まだあんまり実感が湧かないけど、やっぱり上島竜兵の訃報はショックだった。61歳、オイラから見りゃまだ何でもやれる歳だし、なんで自分から命を絶たなきゃならないんだよ。もったいなさすぎるぜ。

報道があった当時、詳しいことがわかるまでは黙っておこうかと思っていたんだけど、オイラのところにジャンジャン取材が来るもんだから、個別に対応するのが難しくてホームページにこうコメントを出したんだ。

〈上島、大変ショックです。40年近く前から一緒に仕事をしてきたのに、芸人は笑っていくのが理想であって、のたれ死ぬのが最高だと教えてきたのに、どんなことがあっても笑って死んで行かなきゃいけないのに、非常に悔しくて悲しい〉

オイラが言いたいことはこれがすべてだ。

ただ、ひとつだけ付け加えれば、芸人ってのは、なかなかつらい商売なんだよ。たとえ心のなかにどんなに苦しいことがあっても、たとえ親の死に目に会えなくても、ニコニコ笑って道化を演じなきゃいけない。そのうえ、そんな状況でも、客を心の底から笑わせなきゃいけないワケだよ。

そんな毎日が続くと、ある時ふとそれがキツくなって、つい魔が差してしまう——決して肯定しちゃいけないことだけど、そういう感覚は理解できるんだよな。

昔の芸人にもやっぱりそういう人はいたからね。桂枝雀さん、ポール牧さんとかさ。笑いの世界だからこそ、そういう風に自分を追い込んでしまう人は多いんだろうな。

ポールさんはまだ若かった頃、オイラに「70過ぎてもズッコケられるようじゃなきゃ芸人失格だ」って言ったことがある。だから、どんなにボロボロになっても最後まで芸人を続けるんだと思った。だけど、そんなポールさんでも耐えきれない闇があったんだろうな。

思い出話になっちまうけど、やっぱり上島と言えば「リアクション芸」だね。

オイラの『お笑いウルトラクイズ』（日本テレビ系）じゃ、毎回大変な目に遭って「聞いてないよ！」とかって叫んでたよな。

当時は「バス吊り下げアップダウンクイズ」とか「逆バンジージャンプ」とかムチャばかりやらかしてたからね。今思い出しても笑っちまうけど、上島はあれで芸風が定まって売れ出したんだよな。

普段は本当に礼儀正しい男でさ。番組で一緒にやっていたのはもう随分昔のことだったけど、オイラや（たけし）軍団のヤツラに会うと、いつも「お陰様で、まだやらせていただけてます」って平身低頭なんだよ。

それはきっと当時、番組内で〝オイシイところ〟をオイラたちがお膳立てしてやってたのを本人もよくわかっていたからだと思うね。オイラはあんまり一緒に飲みに行ったことはなかったけど、当時から中野辺りで食えない若手たちを食わしてやったりしていたみたいで、先輩・後輩問わず人望は厚かったんだよな。

あとは『スーパージョッキー』（日本テレビ系）の「熱湯コマーシャル」も絶品だったよな。今の時代だと、「あんな熱い風呂にムリヤリ入れるなんて！」とコンプライアンスやら何やら面倒な話になっちゃうけど、バカ言ってるんじゃないよ。

あんなもの、40℃もないようなぬるいお湯なんだから（笑）。上島レベルになりゃ、ただのぬるま湯でも熱湯に見せる「芸」があったんでさ。それを真に受けて、何でもかんでも否定しようとするから今の世の中オカシクなっちゃうんだよな。オイラは上島のことはずっと忘れない、だけど変に暗くなったりもしない。きっとそのほうが、アイツも喜んでくれると思うからね。

第5章

事件、芸能、スポーツ……
令和の「お騒がせ事件簿」

ビッグモーターのトンデモ不正・パワハラは昭和の悪徳ガソリンスタンドそのままだ。

営業の世界はシビア

久しぶりにあんな「時代遅れ」な経営者を見た気がしたよ。

中古車販売の「ビッグモーター」は、次から次へと不正が出てくるもんだから呆れちまったよ。責任を下のヤツになすりつけた創業者はもちろん、逃げた息子も会見でピーピー泣き出した新社長もみんな怪しい（笑）。この会社を再建するのはもう難しいんじゃねェか。

特に「ゴルフボール」で客の車の傷を広げたってのは酷い話だった。

そんなことを研究している時間があったら、営業でも何でも一生懸命働けという話でさ。

とはいえこんなムチャなことに手を出すというのは、従業員がノルマのプレッシャーに追い込まれていた証拠でもある。

オイラが今回の報道で思ったのは、この会社は何から何まで「昭和のノリ」が徹底されているってことだ。

きっとこの会社は、地方で成功して〝圧倒的な努力〟で東京に進出した、そんなサクセスストーリーで語られてきたんだろう。だけど、いつまで経ってもムチャクチャやっていたのが、時代の変わり目で隠しきれなくなっちまった。

クルマの営業の世界はシビアでさ。実はオイラも若い頃にガソリンスタンドでアルバイトをしてたことがあるんだよ。

小さなスタンドなんだけど、そこのオーナーがちょっと知れた人で、「小さいけどスゴい利益を出すスタンド」みたいな感じで経済誌やなんかに取り上げられてさ。その人もビッグモーターよろしく、カリスマ経営者みたいな扱いだったんだよ。

だけど、良いのは外面だけ（笑）。とにかくガソリンを入れに来た客については「全員、徹底的にむしり取れ」って平気で命令するような悪どい人だった。

オイルがちょっとでも減ってたら「交換しませんか」、車の後ろが汚れてたら「すぐに洗車できます」とまァ、何でもいいから押し売りするというね。オイラも口酸っぱく言われて大変だった記憶があるよ。

ビッグモーターのやり口と大して変わりゃしないんだけど、あの頃はそれを「パワハラだ」なんて思わなかったし、そんな言葉もなかったからね。

若者は〝妥協〟が上手い

それが変わったのは、やはりSNSの力だろう。SOSを発信できるというのもそうだし、そもそもネットで色々と調べりゃ自分の職場の待遇が恵まれているのか、劣悪なのかが客観的なモノサシで測れるようになった。

昔は自分のいる会社や現場という狭い世界がすべてで、どれだけムチャなルールでも「郷に入っては郷に従え」だった。そう考えると、だいぶ様変わりしたもんだよ。

それに昭和の時代は、とにかくカネの亡者のように死ぬほど働くことが美徳とされていた。オイラも朝も夜もなく仕事をしては合間で遊んで、という暮らしだった。だけど、今の若い子たちは〝妥協〟ができるんだよな。

周りと比較して、自分は「このくらいならいい」という現実的な目標を立てられる。アイツよりも、コイツよりも成功したいなんてギラギラした嫉妬や欲望はまるでなくて、〝身の丈にあった幸せ〟ってモノが20代そこそこでわかっている。

オイラからするとちょっと夢がないような気もするけど、一方で賢いとも思うよ。

昔ははぐれものだったはずの芸人ですら、最近は「めちゃくちゃ売れて大儲けしたい」なんて考えるヤツは少数派だ。ちょっとテレビやユーチューブで稼げれば、好きなことして暮らせてるんだから御の字というヤツが多いからね。芸人がそんな様子じゃサラリーマンが現実的になっちまうのも仕方がないぜっての。

あとはガムシャラに働いて偉くなることのメリットが減ったってこともある。

今回のビッグモーターは保険会社と癒着してたなんて話もあるけど、昔は会社の「要職」に就くと取引先からキックバックがあるとか、そういうウラ話ばっかりだったみたいだからね。

テレビ局の有名なプロデューサーともなれば、芸能事務所から小遣いをもらって懐に入れたり、色々といい思いをしてたみたいだからさ。

今はどの業界もコンプライアンスにうるさくなって、そんなことがバレたら一発で会社をクビになっちまうんだろう。官僚の天下りも厳しくなったみたいだけど、そういうところも若者たちがあくせく頑張ろうとしないことにつながっているのかもしれない。

偉くなっても、いざという時に責任を取って矢面に立たされたりする場面のほうが目立ってるからね。モーレツ社員として出世して、人の上に立ってオイシイ思いをするなんて発想自体が時代遅れというさ。

とはいえ、みんながみんな平均的な人生でいいやと思っちまうと、社会全体が停滞してしまう。働き盛りの若者たちはもうちょっと欲深くなってもいいと思うよ。

知床遊覧船社長の〝本性〟は、あの「一言」で透けて見えた。

天災ではなく〝人災〟

知床の遊覧船の事故（22年4月）は悲惨すぎて、ニュースを見るのもイヤになった。乗客やその家族のことを想うと、安易に「かわいそう」なんて言葉をかけることもためらわれるよ。業者が安全を謳ってるんだから、客のほうは疑いもせずに乗るだろうよ。そう考えると、誰でも被害者になる可能性があったんだ。

そして悲しいことにこの事故は天災ではなく、〝人災〟だった。

あの会社は事務所の無線も壊れっぱなし、船に積まれた電話も故障したままだったらしい。航行中も、社長は一切船とは連絡を取らずにほっぽらかしだった。客からすれば「そんなこと当然やってるだろ」ってことを、まるでやっていなかったんだよな。

この遊覧船の会社がどうしようもないってことは、桂田（精一）って社長の会見を見たらすぐにわかった。地元じゃ名士としてブイブイ言わせていたみたいだけど、経営者としての責任感がまるでないのがバレバレだったよ。

会見でパフォーマンスみたいに何回も土下座をしていたけど、人間の本質は「ふとした一言」でバレてしまうもんだ。オイラが違和感を抱いたのは、開口一番出てきた「このたびはお騒がせしまして大変申し訳ございませんでした」って言葉だよ。

こんな状況で「よくある定型文」に頼っちまうのは、完全に思考回路が停止している。この期に及んで自分の頭で考えることすらできない人間だってことだ。土下座もそうだけど、全部ポーズにしか見えなかった。そんなヤツが人の命を預かる仕事の責任者になんてなれるはずないぜっての。

この社長と会社はどうしようもなくタチが悪いけど、もうひとつ気になったのは「遺族の声」より「ネットの声」ばかりデカくなっちまってるってことだ。最近はこういうケースが増えてきて、違和感を覚えることがある。

遺族の怒りの声をまず伝えるべきで、無関係の第三者が書き込む「ネットの投稿」が世論を作ってるのはおかしいよ。

「自社製品」を見下したマーケター

失言と言えば、牛丼の吉野家のお偉いさん（常務）が、大学の講座かなんかで会社の営業戦略について「生娘をシャブ漬けにすること」なんて喋って批判が殺到した。

コイツの話はこんな具合だ。

田舎から東京に出てきた若い子は、男に高い飯を奢ってもらえるようになれば牛丼なんてすぐに食べなくなる。だからその前に〝牛丼中毒〟にしちまおう——そんな意図だったみたいだ。

この時代遅れの発言が女性に失礼なのは当たり前だけど、最悪なのは仮にもマーケティングの責任者だというヤツが、「自社製品」を見下している物言いだってことだ。

オイラはそこそこカネをもらえるようになってからも、昔ながらの町の中華屋の餃子なんてのが大好きだった。本当に美味けりゃ値段なんて関係なく食いたいと思うもんだよ。コイツは仮にも飲食業界にいながらそんな当たり前のことすらわかっちゃいないんだよな。聞くところによると、この常務は外資系企業から転職してきた人なんだってね。吉野家にとって牛丼は会社の命だし、一番の主力商品だけど、きっとこの人、ゼンゼン食ってないぜ。普段から高級なフレンチばかり食べて、高いワインを飲みながらウンチク垂れるような人じゃないかと思っちまうね。

昔、浅草のフランス座でやってたネタで吉野家が出始めた時に、

「テメー、そんなふざけたことやってると、牛丼食わせるぞ！」

って凄むってネタがあってさ。

まァ、今考えりゃ店には失礼な話なんだけど（笑）、吉野家の人間がそのネタと同じことを自分で言っちゃうんだからどうしようもない。即刻クビになったみたいだけど、吉野家にとってこの問題はしばらく尾を引くかもしれないな。

「誰か一緒に死んでほしい」というのは、「侍の精神」を失った若者のエゴでしかない。

医者を目指す資格なし

大学入試の共通テストで、受験生たちが刃物で襲われるってとんでもない事件があった。やったのは深夜バスで上京したっていう名古屋の進学校の高校2年生で、東大の医学部（理科Ⅲ類）を目指していたけど、成績が上がらないことに絶望しちまったらしい。まだ受験して落ちたワケでもないのにふざけた話だよ。

これは当時、『ニュースキャスター』で「（この高校2年生は）頭が悪い」と言ったらその部分を切り取られてまたネットニュースにされちゃってさ。

だってそうだろ。仮にもこれから医者になろうってヤツが、ちょっと上手くいかないことがあったくらいで赤の他人を傷つけてどうするんだっての。「命の重み」がわからないヤツは勉強の成績うんぬんの前に、そもそも医者を目指す資格がないよ。「そもそもお前は何のために勉強してるんだ」と言われても仕方がないぜ。

大体、若い時なんて自分の思った通りには進まないことだらけだよ。色々な「壁」にぶつかった時に、どう対処するか、頭をひねるかってのが「本当の勉強」なのに、受験のためにクイズみたいな情報を詰め込んでも、頭でっかちになるだけだよ。

まァ、若いヤツ特有のエゴと言えばそれまでだけど、ここ数年は「人に迷惑かけてから死のう」というヤツが多すぎる。京王線の車内でジョーカーの恰好をしたヤツが見ず知らずの人を切りつけた挙げ句放火したり、大阪のクリニックでも痛ましい放火事件があったよな。

オイラは人間の本質みたいなモノが変わってきたように感じるんだ。そもそも昔のニッポン人には「侍」の精神があった。

武士が切腹する時は「いかに人にメーワクかけずに死ぬか」っていうのが美徳とされて

きたんだよな。

そういう思想があったから「ピンピンコロリで逝きたい」とか、子供に介護されるくらいなら早く死にたいって考える人がニッポンには多かったワケでね。なるべく人様のご厄介になりたくない、と考えるのが普通だったんだよ。

それが今はとにかく、死にたいってヤツが、「誰か一緒に死んでほしい」ってグチャグチャ周りを引きずりこもうとしちまってる。死にたきゃ勝手にやったらいいけど、人を巻き込むのは卑怯だよ。

とにかく言えるのは、ニッポン人が図々しくなっちまったってことだ。

大谷翔平は紛れもなく「ニッポンの宝」だ。だけど、観る者の目を肥えさせてしまった。

「最高峰のカード」しか観ない

侍の精神といえば、23年は野球のＷＢＣ（ワールド・ベースボール・クラシック）で侍ジャパンが大活躍だったね。決勝戦の日はニッポン中がＷＢＣ一色で、みんな朝からテレビにかじりついてたよな。オイラはサッカーのＷ杯ほどは盛り上がらないと思っていたけど、想像を超える大盛り上がりだった。

最後の大谷翔平対マイク・トラウトの対決は震えたね。

準決勝の村上（宗隆）のサヨナラ打もそうだけど、いいところで〝主役〟に回ってくる漫画みたいな展開だった。大谷はそのまま初のホームラン王に輝いて、投げては2ケタ勝利。シーズンの最終盤で右肘の手術をすることになっちまったのは残念だったけど、きっと大谷のことだから華麗にカムバックしてくれるに違いないよ。

大谷の登場は、野球という競技をガラリと変えてしまったね。

もうオイラは大谷さえ打っていれば、エンゼルスが勝とうが負けようが興味なくなっちゃった。そして怖いのが、その活躍に早くも慣れてきてしまったということでさ。

その影響は、ニッポンのプロ野球にもジャンジャン波及してるよ。これまで野球は給料もほかのスポーツより高いし、人気もあった。その分、独特の上下関係があったり人気球団の選手にはウラでパトロンがついていたりした。それがメジャーという大舞台で前人未到の活躍をする大谷が現われて一気に変わった。

しかも真面目で爽やかときたもんだから、なかなか太刀打ちできないよ。大谷の活躍はもちろん嬉しいけど、ほかの選手はちょっと気の毒だよな。昔は朝まで遊んで、二日酔いで打席に立ってホームランなんて話が美談になっていたけど、そんな生活じゃ「大谷を見習え」「健康管理はプロの基本だ」なんて叱られちまう時代になった。

巨人戦やらプロ野球自体の視聴率はドンドン下がっていたけど、ＷＢＣは高視聴率だった。国際試合や強者同士の〝最高峰〟の対戦カードなら人も集まってくる。

一方で、そこまでいかなきゃなかなか認知してもらえない二極化が進んでるということだ。ＷＢＣを観た人は、「村上はメジャーで通用するか」「佐々木朗希はどこに入るか」と、メジャーリーグで戦う姿を想像してしまっている。

韓国なんて昔はもっと強かったはずなのに、これじゃますます国内人気でサッカーに押し潰されちまうだろう。ただでさえ野球は世界の競技人口が少ないんで、「アジアリーグ」みたいなのを本格的に制度化して、盛り上がりをキープする努力が必要な気がするぜっての。

メジャーで奮闘した藤浪晋太郎に聞かせたいイチローから聞いた〝デビュー秘話〟を語るぜ。

イチローですら弱気に

ある意味、波瀾万丈でハラハラさせて盛り上げたのが、大谷の同級生の藤浪晋太郎だ。阪神にいた頃からコントロールが定まらなくて自滅することが多かったけど、メジャーでも当初はまるっきり同じ展開だった。だけど、途中から移籍してだんだん中継ぎに配置転換されてからは、何か吹っ切れたように活躍する試合も増えてきた。

藤浪が打たれた序盤戦は、ファンもメディアも「藤浪はやっぱり通用しなかった」みたいな感じで酷い言い方をしてたけど、それは違うと思うぜ。オイラは最初から向こうでやっていけると思っていた。シビアなメジャーのスカウトが何億も払えるって計算したんだから、素人が考えるよりも確かな才能を持っているに決まってるからね。

だけど、やっぱりスポーツの世界ってのは悲しいくらい「運」の要素が大きいんだよな。これはオイラがやってきた芸能の世界とも似てるところでさ。

例えば藤浪のメジャー初先発の時に味方がバカスカ打ってラクに勝ち星をもらえていたら、その後の試合はジャンジャンストライクを投げたかもしれない。スタートダッシュでつまずいたのが悔やまれるよ。その点、ソフトバンクから移籍した千賀（滉大）は打たれても勝ち星がついた試合もあった。最終的に1年目から2ケタ勝ったのは実力だけど、さらに「勝ち運」を持ってるように見えた。

いくら実力があっても、やっぱり「客前の勝負事」というのはメンタルに大きく左右されちまうからね。

実は昔、イチローと話した時にシアトル・マリナーズでのメジャーデビューの試合について聞いたことがあってさ。オイラはてっきり自信満々で臨んでたのかと思ってたんだけど、初打席で「ダメかもしれない」と思ったと言うんだよ。

その試合の相手ピッチャーがめちゃくちゃいいボールを投げるんで、あっという間に3打席凡退しちゃったんだって。その時は、あのイチローも「このままだと打てない」と弱気になったらしいんだよな。それが、ちょうど4打席目の直前に相手ピッチャーが代わったんだって。

そこでヒットが1本出たことで、次の試合にもまた出られた。イチローは「あそこで打てなかったら、レギュラーに定着できなかったかもしれません」って言ってたよ。

何が言いたいかって、人前に出る仕事に共通するのは「チャンスは何度ももらえない」ってことだ。やっぱり、出だしで活躍できるかどうかの運は大事なんだよ。

メジャーに行くような選手なんだから、実力は間違いない。ただ、そのなかで結果を出して次のチャンスを毎日掴み取らなきゃいけない厳しい世界なんだよな。

甲子園球児の髪型なんて一時の流行だ。数年後には「あえて坊主」なんて時代が来るよ。

甲子園の〝青春論〟は一段落

プロだけじゃなくて、封建的だった高校野球の世界もやっと変わってきた。オイラは昔から「甲子園なんてやめちまえ」と言ってきた。高校球児だったんで野球は大好きだけど、あえて真夏の炎天下でムチャなスケジュールの大会をやる必要はないはずだ。昔は30℃を超えると「大変な暑さです」なんて言っていたけど、それが今や35℃が当たり前。とてもじゃないけど、運動なんてする気にならないし、夏になるとうちの犬もグッタリしちゃって可哀想でさ。

そうはいっても、ロッテの佐々木が高三の時、岩手の決勝で登板回避を監督が選んだことで潮目が変わったね。彼がプロで大活躍して、「甲子園がすべて」という青春論が少し収まった感がある。

暑さ対策で5回が終わった時に休憩時間ができたり、昔よりは試合間隔に余裕もあるみたいだった。たまにサングラスをかけてる子がいるけど、オイラの時にそんなことやってたら監督にぶん殴られてるよ（笑）。その点、メジャーの試合を観られるようになったのも影響してるのかもな。

ただ、そもそも「なぜ甲子園球場でやるのか」というのが疑問でさ。

学業の邪魔にならないよう夏休みにやるなら、東京ドームやナゴヤドームでもいいはずだ。直射日光を浴びることもないし、クーラーも効いてるからよっぽど快適なはずだよ。その議論が起きないということは、いまだにどこかで「炎天下で汗だくになる姿」を美徳としてるんだよ。それで選手がぶっ倒れたらどうするんだっての。そう考えると、改善の余地はまだまだある。

変わったのは日程や選手の起用法だけじゃない。23年の甲子園では「髪型」が注目されてたよな。野球と言えば「坊主頭」だったけど、髪型が自由な慶応と大谷の母校（花巻東）が勝ち進んで、その風潮もちょっと変わってきた。これからダルビッシュ（有）みたいに襟足が帽子からこぼれる〝ロン毛集団〟が甲子園を席巻したら笑えるけどな。

ただメディアもネットもそれに食いついて、「時代が変わった」「古い考えは捨てるべきだ」なんて言うのは飛躍しすぎだよ。髪型なんて単なる〝ブーム〟でしかない。ファッションは、ないものねだりというか「人と違うことがカッコいい」と思うものだ。

高校球児は坊主を強制されていたから髪を伸ばしたいと思っていたはずだ。でも、これから「ご自由にどうぞ」と言われると、何年後かに「坊主じゃないとつまらない」というヤツラが絶対に出てくる。もしかしたらそれを始めるのは慶応かもしれない。「五厘刈りで泥だらけなのがカッコいい」と言い出したりしてさ（笑）。

プロだって同じだよ。ヒゲが禁止の名門ヤンキースとあごひげだらけのレッドソックスとかさ。どっちも特徴があって面白いし、つまり何だっていいワケだよ。いちいち球児の髪型くらいで大騒ぎしている大人のほうが情けないぜっての。

藤井聡太が「老い」に直面したら、どんな引き際を選ぶのか。

芸人の「全盛期」は30代

大谷と並ぶニッポンの天才と言えば、やっぱり「全冠制覇」を成し遂げた将棋の藤井聡太八冠だろう。二十歳そこそこでタイトルを独占したら、もう目標がなくなっちまいそうだよな（笑）。

特に羽生善治とやった王将戦は面白かったね。最強の藤井くんと、逆に無冠になっちまった羽生がタイトルを争うという構図だからね。一昔前まで〝絶対王者〟だった人が一転、挑戦者に回る世代を超えた大一番なんで、そりゃファンのみならず盛り上がるワケでさ。

結果は互角な戦いを見せたけど、最後はだんだんと差が開いて藤井が防衛した。もちろん両者に頑張ってほしいけど、見てるほうは52歳になった羽生が、若き天才にやり返す〝オッサンの逆襲〟みたいな展開を期待してた節がある。

ただ、実際のところ歳いってから藤井くんに勝つというのは相当大変なことだ。オイラも将棋をかじっているから、その難しさを痛感しているところでさ。将棋の対局中はずっと座っているから地味に見えるかもしれないけど、頭はショートしそうなくらいフル回転させてるんだよな。

言ってみれば、短距離の100m走みたいなもんだよ。スタートからゴールまで瞬発的に駆け抜けるというかさ。相手の戦術に合わせて、瞬時に何十手先までの展開を予想して指さなきゃいけないからね。残酷だけど、こういう頭の回転は身体と同じで正直。歳を重ねるごとにどんどん衰えちまうんだよな。

例えば、オイラは今ツービートの頃みたいな掛け合いの「漫才」をやれと言われても、とてもじゃないけど満足できるレベルでやれる自信がない。

若い時は準備してなくてもジャンジャンアドリブを思いついたし、相手の話に間髪いれずに切り返すことができた。それが歳を取るにつれてそういう「会話の瞬発力」に衰えを感じるようになってきた。頭では理解できていても、「M－1」で優勝を争うようなテンポの速いイマドキの漫才には追いつけないだろう。客前に出る技術や場慣れなんかを考えると、芸人の〝全盛期〟は30代だと思う。その峠を過ぎていくと、やっぱりどこか勢いが下降していく気がしちまうんだよな。

〝一番好きな仕事〟かどうか

同じ芸でも「落語」はまた少し違うんだよな。たまに志ん生や志ん朝さんの昔のテープを聴くと、今でもやっぱりスゴい。特に女性を演じている時の〝艶〟なんかピカイチでさ。こればっかりは〝年の功〟というか若手じゃ歯が立たない領域なんだよね。

将棋の全盛期は何歳頃なんだろうな。藤井くんはこれからさらに強くなるだろうから、しばらく「藤井一強時代」なんじゃないかな。もう早晩コンピューターしか相手ができなくなっちまうんじゃない？（笑）

だけど、一昔前の羽生がそうであったように、きっと藤井くんにもいつか自分の身を脅かすようなライバルが現われるはずだ。これは野球の大谷にも言えることだけど、抗えない「老い」に直面した時に引き際をどうするかって問題だよ。

オイラは80年代の漫才ブームで一気に売れたけど、「これはあと3年で終わるな」と思ってあっさり漫才をやめちゃった。結局、3年どころか2年で終わっちゃったというオチでさ（笑）。ただ当時はイケイケだったから驚かれたけど、それができたのはきっと漫才が〝一番好きな仕事〟じゃなかったからなんだよな。

意外かもしれないけど、本当は数学や物理学みたいなアカデミックな世界で研究に没頭するような人生に憧れていたからね。でも、現実は甘くなくて大学をすぐに逃げ出した先で芸人になったんだ。だから芸人って「職業」に執着がなかったし、漫才ブームでチヤホヤされてた時も、ひとり冷めていたというか客観的な目を持つことができたんだと思う。

それに、オイラは人一倍色々なことを考えて生きてきたからね。ありがたいことに、「たけしは多才」なんて言われることもあるけど、それはどうやったら生き残れるかってことを必死に考え続けてきた結果なのかもしれない。

とはいえ漫才が好きでやめられないヤツもたくさん見てきた。でもソイツラは好きな仕事だから、苦悩しながらも幸せそうだったような気もするんだよな。藤井くんも大谷も好青年で、いかにも永遠の「将棋少年」「野球少年」のままに見えるからね。いつか岐路に立たされた時に、一体どんな決断をするのかは見届けたいね。

「ニセモノの吉田拓郎」からの電話に、すっかりダマされたのが懐かしいぜ。

音楽版「お笑いブーム」だった

22年には、歌手の吉田拓郎が引退した。テレビでもあんまり見なくなっていたし、体調もイマイチだったって話もあったから仕事を減らしていたのかもね。

拓郎はオイラと同学年だからね。もういい歳なんで、そりゃレコーディングだってなかなか大変だろうよ。もう10歳上の加山雄三さんもコンサート活動を引退だっていうけど、世間も「後期高齢者」が辞めるって話にそこまで大騒ぎしなくてもいいと思っちゃうんだけどさ。

オイラはジャズばっかりで、吉田拓郎とかフォークソングはそんなに聴いてこなかったけど、そりゃ70年代の人気はスゴいもんだった。オイラが世に出るよりだいぶ前、20代の時からとっくに大スターだったワケでね。ニッポンの音楽の世界に「新風」を巻き起こしたのは間違いない。

学生運動やらが華やかだったあの時代、フォークシンガーは山ほどいたけど、あれほど若い世代の支持を集めた存在はなかなかいなかったよ。

「お笑いブーム」の時にツービートやB＆Bがそれまでなかった速いテンポの漫才をやり始めて、それがその後の世代の〝スタンダード〟になったけど、音楽の世界においては、それが吉田拓郎や井上陽水辺りの世代だったかもしれないな。

それまでのように、単なるアメリカのフォークソングの〝輸入〟じゃなくて、ファンへのキャラクターの見せ方を含めて変化させていった。昔の演歌的な「興行」チックな雰囲気を、今につながる「ライブ」へと変えていったんだよな。

それまでは演歌みたいな「独演会」が主流だったからね。マイクを持った歌手がひたすらステージで歌い上げて、観客はそれを黙って聴いて、終わったら拍手——というのが普通だった。それが、拓郎たちの登場で観客と一体になってコール＆レスポンスをやるようなライブの形ができてきた。

今でこそ「フェス」なんてのが、町おこしみたいにいたるところで開かれているけど、昔は客との掛け合い自体がめちゃくちゃ新鮮だったんだよ。

それに当時の「興行」は開催場所の地元の大物が絡んできたり、そういう筋の人が一枚噛んでいるなんてケースが多かったんだけど、拓郎はそういう〝しがらみ〟から遠い存在に見えたのも新しかった。

曲の歌詞にも表われていたけど、自由を歌ったり世の理不尽なことに文句を言ったり、そういうところが若者にウケたんだろう。音楽は「自由なもの」というイメージの土台は、この時代の人たちが作ったと言えるんじゃないか。

ただ、そうした功績やら何やらよりも、拓郎と聞いて一番記憶に残っているのは、「吉田拓郎サギ」だ。

「たけちゃん、住所どこだっけ?」

80年代、まだ携帯電話もなかった頃は、タレント同士が連絡を取りたい時に、まずテレビ局に電話をかけて楽屋にいるタレントにつないでもらうというのが常でさ。「誰それの電話番号がわからないから教えてくれ」みたいなやり取りがしょっちゅうあったんだよ。

で、一時期、「吉田拓郎」って名乗る電話がよく楽屋にかかってきたんだよ。

オイラもスタッフから「拓郎さんがたけしさんとお話ししたいそうです」なんて言われたら、無視するワケにはいかなくてさ。

で、「一体どういうことだ！」って思って出てみると、あのぶっきらぼうな雰囲気で「どうも、拓郎です。たけちゃんご活躍だね〜。○○の家に贈り物をしたいんだけどさァ、住所どこだっけ？」みたいに言われてさ。

すっかり「本人だ！」と信じ込んじゃって、教えちゃったんだけど、その後、「拓郎から住所やら電話番号を聞かれた」ってタレントがジャンジャン出てきたんだよ。

何度か共演していたオイラはまだしも、拓郎みたいなタイプが大して知らないタレントにジャンジャン電話をかけまくるワケないんで、「これは怪しいゾ」ってことになってさ。確認してみたら真っ赤なニセモノだったよ（笑）。

声のモノマネがやたらと上手いヤツで、拓郎と随分親しかったヤツもみんなダマされちゃったらしい。そのうちコロッケやら、清水アキラやらが活躍する「ものまねブーム」がやってくるっていう頃だったんで、その「拓郎そっくりさん」もケチなイタズラなんかやってないで、そっちに芸を活かせりゃ、少しは稼げたかもしれないのにさ。

まァ、真面目な話をすれば、吉田拓郎も引退したって、また舞台に上がりたくなりゃ、いつでもカムバックすりゃいいんだよ。

またいい曲ができたら、こまどり姉妹や大仁田厚みたいに「やっぱり引退撤回」って言い出したほうが面白いぜっての。

55歳で海外移籍した三浦カズには、そろそろ「国民栄誉賞」を授与するべきだ。

「サッカー＝カズ」の幻想

いつまでも現役にこだわっているのが、サッカーの三浦カズ（知良）だね。55歳でポルトガルに移籍した時は思わず「本当かよ」と言っちゃった。

世界中探しても、カズの年齢でプロの「現役選手」はいないんじゃない？　野球みたいに攻守が入れ替わるならまだしも、サッカーはずっと走り回ってるから大したもんだよ。

だけど、ここ数年はさすがに試合に出る時間も減ってきて、毎年のように「カズは引退するのか」って話題になるよな。本人はやる気マンマンみたいだけど、マスコミが騒ぎすぎると引退したくてもできなくなるよ。最近はカズ自身〝引き際〟をどうすりゃいいかわからなくなっちまってるんじゃねェか。あそこまでいったら〝仙人〟みたいなもんなんで、放っておいてやれってての。

それと、いつまでも「キングカズ」なんて呼んで〝神格化〟するのはどうかと思う。サッカーの世界でキングを名乗っていいのは「ペレ」しかいないだろってての（笑）。ニッポン人にとってJリーグ発足時のスーパースターだから、「サッカー＝カズ」って印象がいまだにあるんだろうね。もちろんオイラも応援してるけど、W杯にも出てないし、海外で広く知られてるワケじゃない。むしろ三苦（薫）や久保（建英）のほうが世界中のサッカーファンが注目するスーパースターになっちまったワケでさ。

カズにはこれ以上、過度な注目や負担はかけないほうがいいよ。本人が気の済むまでやればいいし、クラブのほうも気を遣って「契約を延長しなきゃ」なんて考えなくていい。そういう〝温情〟は真剣にやってるカズに対して失礼だしさ。

むしろ、オイラはカズに「国民栄誉賞」を渡すべきだと思うんだよ。いままで候補にすら挙がったことがない気がする。大体、五輪で金メダルを獲った選手やなんかが選ばれてるけど、大きな勲章はなくともサッカーって競技をこの国に根付かせた功績は十分、国民栄誉賞に値すると思うぜ。

あとはカズを「永久現役選手」に認定するってのはどうだろう。

カズだけは、もうクラブに所属していようがいまいが関係ないんだよ。サッカーをやり続けてる限りは〝現役扱い〟でいいじゃないかってね。ジジイになってフラフラになってもピッチを駆け回っているというさ。

身体がいつまで保つかは本人にしかわからないけど、杖をつくまで頑張ってほしい。還暦過ぎての「カズダンス」が見てみたいぜっての。

番外編

「オイラがもし、総理大臣だったら」ニッポンの問題、こう解決するぜっての！

閣僚の不祥事、宗教団体とのズブズブな関係、議論もないまま決まっていく大増税……やることなすこと国民から反発を受ける岸田政権。こうなったら、ニッポンの改革を託せるのはこの男しかいない！　世界の〝キタノ総理〟が情けない政権を一喝し、ニッポンの諸問題への驚きの改革案を発表する。

＊

米国の言いなりじゃねェか

自民党は旧統一教会との問題が終わらないうちに今度は岸田さんが「防衛費」を増やすって話が猛反発を受けた。ここから5年間で43兆円だってね。もともとあった計画の1・6倍と知らないうちにジャンジャン増やされちまっているというさ。ほかにも色々あったんで、ネット上じゃ「増税メガネ」なんてアダ名までつけられちゃった。

しかもそこまで増やす理由ってのが、自民党が掲げた「防衛費を5年以内にGDP比で2%以上にする」って主張を達成するための〝数字ありき〟というんだから呆れちまうよ。

それも財源が足りないから東日本大震災の「復興税」を充てようと言い出したんでさ。復興を後回しにして戦争をやらないニッポンが防衛費を増やそうなんてよく言えたもんだよ。さすがに身内の与党議員からも非難囂々《ごうごう》。こういう強引な政策をゴリ押ししようとしているのに、根回しすらしっかりできていないというのがバレバレだよな。

特に武器を買ったり、装備を強化するのにカネがかかるということなんだけどさ。まァ、きっと岸田さんは「武器を買います！　喜んでください！」とアメリカのほうばっかり向いていたんじゃないかっての。

表向きは「反撃能力を高める」ともっともらしいことを言っているけど、どれほどの費用対効果があるのかよくわからない。岸田さんは安倍さんの国葬の時に費用に関して「丁寧な説明を～」なんて言っていたけど、まさにそれをやってないワケでさ。

たしかにアメリカとの付き合い方は難しいんだと思うよ。だけど、トランプ前大統領がいい例で、きっと自分たちの戦闘機やらを法外な値段で売りつけるだけ売りつけて、大して感謝していないと思うぜ。

そんなカネがあるんだったら、もっと上手く「外交」のために使えそうなもんだけどな。オイラだったら、そのカネで北朝鮮との関係を劇的に改善させることに集中して突っ込むね。さすがに43兆円とは言わずとも、1兆円くらいでいいからさ。

コロナ禍の影響もあって北朝鮮の内情はかなりアップアップになってるみたいだからね。こっちから大金をちらつかせりゃミサイルを撃つのをやめて、何年も話が平行線になっている「拉致被害者」を帰国させる相談の席にだって着くかもしれないんでね。

どうも今の政権には、そういう狡猾さというか、したたかさが足りないように感じる。

「才能」の社会主義国家に

この先、ニッポンは明るい話題が少ないよ。特に少子化と高齢化の問題はどうなることだかさ。政権は少子化対策として全国すべての出産家庭に「一律10万円給付」を決めたけど、その財源だって結局は増税で賄われるんだろ？　それじゃ本末転倒じゃないかっての。もうニッポン人の30％はジジイとババアだ。その辺は「タンス預金」でそれなりのカネを貯めこんでいるワケだよ。一方で、若い世代はカツカツで結婚や子供をつくる余裕もないという状況でさ。この辺の抜本的な問題をどうにかしなきゃ一向に解決しないよね。

最近、クラウドファンディングとか好きなアイドルやらを応援する「推し活」なんて言葉が流行っているけど、それを少子化対策に活かせばいいんじゃねェか。

中高年世代が、自分の肉親以外の有望な若者に資金援助して、もしもその子が大成したら〝歩合制〟でバックがある仕組みをつくっちまうとかさ。最近はニッポンのプロ野球選手もメジャーで大型の契約を勝ち取ったりするからね。

野球でもサッカーでもニッポンじゃよくて年俸数億円でも、海外じゃ平気で数十億円なんて話になる。そうなりゃ、単なる〝応援〟ってことじゃなくて、ちゃんと支援した人にもメリットがあるんでｗｉｎ‐ｗｉｎじゃないかってね。

それかもう一歩踏み込んで考えると、ある一定以上のカネ持ちだと認められた家庭の親は、自分の家の子供と同じようなレベルの教育やスポーツ活動を必ず貧しい家の子にも援助する義務を定めた制度をつくるとかね。

例えば大谷翔平みたいな天賦の才を持った子供がいたとしても、カネがないという理由で進学を諦めたりその才能を伸ばしきれないこともある。それじゃ可哀想だし、ニッポンのスポーツ界にとっても損失だしね。

残酷な話だけど才能ってのは平等じゃない。だからこそ可能性がある子の芽は伸ばしてやりたい。その辺を拾い上げる「才能の社会主義」みたいな考え方が必要なんじゃないか。そうすりゃ日の目を見ないはずの若者が拾われていつか大成するかもしれないぜっての。

その一方で、オイラは「選挙権」や「成人年齢」ということについては、もっとしっかり考えなきゃいけないと思っているんだよな。

18歳から大人だと言われても、親のカネで大して勉強もしないのに大学に通っているヤツが大人で、中卒で職人になるために寿司屋とか鳶職で15歳からキツい現場で働いていてカネを稼いでいる人が子供ってのは納得がいかない。

税金を納めているヤツには「選挙権」、そうじゃないヤツにはしっかり社会に出て自分の力で稼げるようになるまでは選挙権はお預けってことでいいんじゃないか。

「楽ジジ楽ババ」を開催

深刻なのが都心と地方の「格差」だよ。福井の池田町って人口2000人くらいの過疎の町で、都会に住む若者に補助金を出したりなんかして誘致してたのに、移住者向けに作った広報誌に、「都会風を吹かすな」「品定めされてることを自覚しろ」なんてことが書かれていたらしい。せっかく移住してきた人にこんなことを言うから集まらないんだよ。

ネット上では誰もが匿名で悪口を書き込むようになったけど、一方で似たようなことは昔からあってさ。田舎じゃヒソヒソ話というか、新参者を仲間はずれにする風土が今も残っているワケだからね。

住民からすりゃ、「地方の文化を荒らさないでほしい」って言い分なのかもしれないけど、それなら「夜這いに参加しなさい」「姥捨て山があります」とか自分たちの村のルールを押しつけるほうがまだマシだよ（笑）。

大体、この町に限らず都心の一極集中と地方の過疎化の打開策が、どこも「若者を移住させる」ことばかりに集中していることが問題なんだ。最初は「空気が綺麗だ」「家が広くなった」と田舎暮らしを楽しめるかもしれないけど、結局住んでいるうちに不便なところが出てくるに決まってる。移住先に「どうしても住みたい」って理由がなきゃ長くは続かない。

オイラが思うのは、ニッポンは土地が狭いくせに「市区町村」が細かすぎるんだよ。東京みたいに人がジャンジャン入ってくるならまだしも、地方は統合するなりして集落をコンパクトにまとめたほうが効率がいいし、そのほうが役所だってラクできるはずだ。

ここは、「老人特別区」の創設しかないだろう。

もう若い世代を当てにしないで、年寄りだけでまとまって自活する「特区」を各地に作るんだよ。例えば東京だったら、世田谷区に住んでる品のいいカネ持ちもカップ酒を飲んでる足立区のジジイもみんな一緒にしちゃう（笑）。

まァ、楽市楽座ならぬ「楽ジジ楽ババ」だな。織田信長の楽市楽座は、税金と特権を取っ払って自由に商売ができるようにしたけど、それを現代風にアレンジするんだよ。現役時代にどれだけ成功したかなんてのは関係ナシ。そういうしがらみは全部取っ払って、メシを作るのが得意なバアサンはジイサンに渡す、その代わりに運転が得意なジイサンはバアサンを病院まで車で送っていってやるといった形でさ。

で、最初にも話題になっていた防衛問題については「老人徴兵制」の導入だな。75歳になったらムリヤリ自衛隊に入れて最前線で戦うための訓練を受けてもらうというね。まァ、冗談だと思って聞いてほしいけど、もう老い先短いんで、いざとなったら心置きなく戦ってもらえるというオチなんだよな（笑）。

韓国じゃBTSってアイドルグループが人気で、そのメンバーが兵役のために髪の毛を刈って「坊主頭」にしただけで「洒落た髪型がもったいない」「可哀想」なんて世界中で話題になったらしい。その点、老人徴兵制は対策万全だよ。ジジイは最初からハゲてる人が多いんで、わざわざ丸める必要もないからラクなんだっての！　ジャン、ジャン、ジャン！

おわりに

　これまでオイラは、とにかくガムシャラに色んなことをやってきた。ただ、やっぱり寄る年波には勝てない部分もある。最近は放送が夜遅くから始まる「ナマ放送」やなんかを受けるかどうかは、内容を見てから考えるようになった。それに、昔は毎日朝まで酒を飲んでいたけど、そんなこともほとんどなくなったんでさ。

　だけど、勘違いしないでほしいのは、仕事を辞める気はさらさらないってことだ。むしろ時間ができたことで、今までできなかったような新しいビートたけしをジャンジャン見せていきたいと思ってるんだよ。

　今回みたいな本や小説だったり、絵を描くことだったり、そして『首』みたいな映画だったり、じっくりと時間をかけて「思考」する作業をしていくつもりだ。『首』が最後の映画になるかも——そんなことを考えた瞬間もあったけど、ありがたいことに好評なんで、新作への意欲も出てきたよ。テレビやネットでもやりたいことは頭のなかに山ほどある。この本でも書いたけど、最近は何でも規制でがんじがらめだからね。その壁をぶっ壊してやりたいし、そうしないとニッポンはどんどんダメになっちまう。

オイラがいつまでもバカをやったり、『週刊ポスト』の連載で毒舌や下ネタをやり続けるのは、偉そうにモノ申したいワケじゃない。ただ、今はちょっと失言すればネットで大炎上という時代だ。みんなが「批判されたくない」「矢面に立ちたくない」と思ったら、たとえ間違っていても〝裸の王様〟よろしく止まれない。オイラは怖いもんナシなんでね。死ぬまで好き勝手言わせてもらうつもりだ。これからも、そんなジジイの姿を見てくれたら嬉しいよ。

令和5年11月

ビートたけし

本書は語り下ろしに加え、『週刊ポスト』の人気連載「ビートたけしの『21世紀毒談』」の中から、特に反響の大きかったエピソードを抜粋・加筆してまとめたものです。

協力／T．Nゴン
取材協力／井上雅義
撮影／松田忠雄
編集／奥村慶太

ビートたけし

1947年東京都足立区生まれ。漫才コンビ「ツービート」で一世を風靡。その後、テレビ、ラジオのほか映画やアートでも才能を発揮し、世界的な名声を得る。97年『HANA-BI』でベネチア国際映画祭金獅子賞、03年『座頭市』で同映画祭監督賞を受賞。著書に『超思考』(幻冬舎)、『アナログ』(集英社文庫)、『ヒンシュクの達人』『テレビじゃ言えない』『「さみしさ」の研究』『芸人と影』(小学館新書)など。監督した最新映画『首』が2023年11月23日より全国公開。

ニッポンが壊れる

二〇二三年 一一月二九日 初版第一刷発行

著者 ビートたけし
発行人 三井直也
発行所 株式会社小学館
〒一〇一－八〇〇一 東京都千代田区一ツ橋二ノ三ノ一
電話 編集：〇三－三二三〇－五九六一
販売：〇三－五二八一－三五五五
印刷・製本 中央精版印刷株式会社

© T.N GON Co.Ltd. 2023
Printed in Japan ISBN978-4-09-825462-0

造本には十分注意しておりますが、印刷、製本など製造上の不備がございましたら「制作局コールセンター」(フリーダイヤル 〇一二〇－三三六－三四〇)にご連絡ください(電話受付は土・日・祝休日を除く九：三〇～一七：三〇)。本書の無断での複写(コピー)、上演、放送等の二次利用、翻案等は、著作権法上の例外を除き禁じられています。本書の電子データ化などの無断複製は著作権法上の例外を除き禁じられています。代行業者等の第三者による本書の電子的複製も認められておりません。

小学館新書
好評既刊ラインナップ

ニッポンが壊れる
ビートたけし 462

「この国をダメにしたのは誰だ?」天才・たけしが壊れゆくニッポンの“常識”について論じた一冊。末期症状に陥った「政治」「芸能」「ネット社会」を一刀両断! 盟友・坂本龍一ら友の死についても振り返る。。

失敗する自由が超越を生む
量子物理学者 古澤明の頭の中
真山 仁 464

世界が注目する「光量子コンピューター」研究第一人者の東京大学工学部教授・古澤明。週末はウインドサーファーとなり、研究では世界一を目指す。稀代の研究者の頭の中を「ハゲタカ」シリーズの人気作家・真山仁が徹底分析!

新版 動的平衡3
チャンスは準備された心にのみ降り立つ
福岡伸一 444

「理想のサッカーチームと生命活動の共通点とは」「ストラディヴァリのヴァイオリンとフェルメールの絵。2つに共通の特徴とは」など、福岡生命理論で森羅万象を解き明かす。さらに新型コロナについての新章を追加。

女らしさは誰のため?
ジェーン・スー 中野信子 454

生き方が多様化し、ライフスタイルに「正解」や「ゴール」がない今、どうすれば心地よく生きられるのか。コラムニストのジェーン・スーと脳科学者の中野信子が、男女が組み込まれている残酷なシステムを紐解く。

世界はなぜ地獄になるのか
橘 玲 457

「誰もが自分らしく生きられる社会」の実現を目指す「社会正義」の運動が、キャンセルカルチャーという異形のものへと変貌していくのはなぜなのか。リベラル化が進む社会の光と闇を、ベストセラー作家が炙り出す。

「老後不安」を乗り越える
シニアエコノミー
大前研一 460

「高齢化率」世界断トツの日本。だが裏を返せば、シニア世代の課題を解決することは大きなビジネスチャンスにつながる。多数の起業家を育てた「構想力の伝道師」が超高齢社会を活性化させる方法を伝授する「逆転の発想法」。